诺贝尔文学奖作品精选

Nobel laureates in Literature

插图版

丛林故事

〔英〕鲁德亚德·吉卜林／著

李昕恬／编译

海豚出版社
DOLPHIN BOOKS
CICG 中国国际传播集团

图书在版编目（CIP）数据

丛林故事 /（英）鲁德亚德·吉卜林著；李昕恬编译. -- 北京：海豚出版社，2025. 6. --（诺贝尔文学奖作品精选）. -- ISBN 978-7-5110-7300-6

Ⅰ. I561.88

中国国家版本馆 CIP 数据核字第 2025X2J514 号

丛林故事

（英）鲁德亚德·吉卜林 **著** 李昕恬 **编译**

出 版 人 王 磊
责任编辑 刘 璇 王洪聪
特约编辑 杨京京
封面设计 宋双成 冉振琴
责任印制 蔡 丽
法律顾问 北京市君泽君律师事务所 马慧娟 刘爱珍
出　　版 海豚出版社
地　　址 北京市西城区百万庄大街24号
邮　　编 100037
电　　话 010-68325006（销售） 010-68996147（总编室）
印　　刷 天津泰宇印务有限公司
经　　销 全国新华书店及各大网络书店
开　　本 710 mm×1000 mm 1/16
印　　张 11
字　　数 125千
版　　次 2025年6月第1版 2025年6月第1次印刷
标准书号 ISBN 978-7-5110-7300-6
定　　价 39.80元

开篇语

马克·吐温说过：“我了解吉卜林的书，它们对于我永远不会变得苍白，它们保持着缤纷的色彩，它们永远是新鲜的。”吉卜林的代表作《丛林故事》就是这样色彩缤纷、永远新鲜的书。它文字清新，充满童趣，单纯却并不幼稚。

《丛林故事》里有我们讴歌的美好品质，也有残酷的一面。在知道残酷之后依然能保持热情和善良才是真正的成长。而这些确实是孩子成长中最重要的课题。

你了解吉卜林所写的《丛林故事》吗？如果你不知道，那么迪士尼的《奇幻森林》会给你打开了解《丛林故事》的一扇窗，也许你会恍然大悟——《奇幻森林》竟然是改编自《丛林故事》的动画电影。了解得再多一些，你还会知道电影《人猿泰山》的构思也源于《丛林故事》。《丛林故事》里究竟有什么？书里面充满了爱，有狼爸爸、狼妈妈对人类小孩莫格利超越物种的爱，也有熊和豹子对莫格利的爱，还有莫格利对这些动物的深厚情感。人类、狼、熊、豹、蛇……这些本来是完全不同物种甚至敌对的关系在书里都洋溢着深深的情谊。书

中还讲了诚信、勇敢、坚毅等一系列的美好品质。这些情感和品质纯粹而充满理想主义。

《丛林故事》中充满了神秘主义和异域情调，整本书的风格都是神奇壮丽的，十九世纪末二十世纪初，古老的印度那不为人知的纯粹和生活在这里的生物面对外来势力入侵的机智勇敢交织出了雄伟壮丽的色彩。吉卜林这个在印度度过最美好岁月的英国人，不仅是作家、诗人，也是一位悲愤的父亲，他经历过战争，他的儿子在“一战”中牺牲，所以我们可以在书中看到清新纯粹中那悲壮的力量和扑面而来的雄浑。

所以，《丛林故事》之中还有什么？那便是残酷的丛林法则。吉卜林自己说，这是规定了动物几乎所有行为的一种完善的法则，并且说这是一种合理和正义的法则。这种法则也是残酷的，对于被捕猎的动物来说，是不公平的，是残酷的，是弱肉强食的。可这就是法则，这就是“丛林”社会里必须遵循的法则，其实这也是人类社会的法则。我们自然是生活在人类的社会里，这个社会有温情的一面，但也有复杂得让人难以接受的地方。这种认识是和成长同步的。《丛林故事》便是这样一本我们在儿童甚至成人阶段都能读的书，它不吝于对美德和善良的赞美，也不避讳对丑陋和邪恶的展示。当你能接受天真与残酷同行，这才是真正的成长，这也是《丛林故事》带给我们的智慧。

经典电影《英国病人》中说，吉卜林是需要慢慢阅读的。这个“慢”不仅仅是速度，更是指伴随着成长一读再读。童年、少年时读这本书的感悟和长大后是完全不同的，它值得一读再读，开始阅读的时间尽量早一些会更好。

《丛林故事》是一本充满童话色彩的动物文学作品，每一个篇章中都可以看到吉卜林对周围环境的精巧构思，对角色对话的精心组织，以及对动作场景的生动描写。当阅读这本故事时，你可以充分发挥你的想象力，从吉卜林的文字中，构建一个惊险而神秘的丛林世界，在阅读时感受到丛林生活的紧张和有趣。你能从书中看到坐在狼群中毫无顾忌玩耍的婴孩莫格利；能看到在丛林间穿梭诱捕红毛野狗群的少年莫格利；还能看到黑豹巴依拉和棕熊巴卢在猴群中营救莫格利的场面；能欣赏到蟒蛇卡奥的狩猎舞。

吉卜林也在借用这本书无形中提出了人和动物应该和谐相处的理念。动物的凶猛源于它们对生存环境的恐惧，如果这些动物有充足的食物和适宜生活的栖息地，大多是不会露出自己的尖牙利爪的。《丛林故事》中的人类莫格利在丛林中有动物角色的亲人、良师益友，它们都给莫格利的成长提供了助力。这本书中呈现的丛林世界远比我们想象的更广阔，请带着你丰富的想象力走进这片古老的印度丛林吧。

目录 Contents

莫格利的兄弟们

这天狼爸爸睡了一整天，他醒来的时候，大概是晚上七点钟，西里山的傍晚温暖而舒适。他一边打呵欠一边伸懒腰，还用大爪子给自己挠了挠痒，顺便挨个儿把爪子舒展了一番，终于把最后一点儿睡意从爪尖上赶走了。月光倾泻下来，照进了他们住的山洞口，他看见狼妈妈还躺在原地，灰色的大鼻子发出呜呜的响声，是在教训那四个到处翻滚的不听话的孩子。

“啊呜，”狼爸爸叫了一声，“又到了去捕猎的时候了。”他正准备下山，山洞口出现了一个小小的黑色影子，蓬松的大尾巴挡住了洞口。影子看似恭顺地开口：“狼先生，愿您一切顺利。也祝愿您这些公子们洪福齐天，和您一样满嘴利牙，永远不知道世界上还有饿肚子这种事。”

这是豺狗塔巴克，就连印度狼都看不上他，因为他总是东游西荡，搬弄口舌，惹是生非，饿了就去村里的垃圾堆里捡吃的。但是丛林里没有谁不怕塔巴克，毕竟他一旦犯起疯病来，那真是什么都不怕，在林子里逮着谁咬谁。别看他个子小小的，发疯的时候老虎也要退避三舍。毕竟对于一只野兽来说，最忌讳的事就是遇到犯疯病的动物，一旦遇见，除了躲开没有别的法子。

“你可以进来看看。”狼爸爸不怎么亲切地说，“不过我们也没什么吃的。”

“对狼来说是不能吃，”塔巴克说道，“但对我来说，有块骨头已经是顿美餐了。我们豺狗有什么资格挑剔啊。”他飞快地闪进了山洞，迅速找到了一块还有点肉末附着的鹿骨头，就地坐了下来，美滋滋地大口嚼碎吃了下去。

“真是太感谢您赐予的这顿美味了。”他舔着嘴唇，“您的公子们长得真漂亮啊，眼睛大大的，不愧是贵族子弟，生而不凡。”

看着狼爸爸和狼妈妈不甚自在的样子，塔巴克乐在心里，他怎么会不明白呢，当面夸奖小孩是犯忌讳的，但他偏要这么恶作剧。

接着他又不怀好意地说：“大块头希尔汗要搬猎场了，下个月起他就要在我们这里捕猎了，他亲口说的。”

希尔汗是一只老虎，住在二十英里外的翁因贡甲河边。

“他凭什么搬过来！”狼爸爸果然生气了，“根据丛林法则，必须提前通知商议才能转移。这方圆十里的猎物都会被他吓跑的，而我还得捕猎两份食物。”

“看来他妈妈叫他跛子,也不是没有道理。”狼妈妈不紧不慢地说，“他出生时就跛了一条腿，所以只能捕杀村民的耕牛。以至于翁因贡甲河旁的村民都被惹怒了，等他来我们这里，我们这儿的村民也会被惹怒，最后人们一定会为了找到他而放火烧山，到时候我们一家人又要开始四处躲藏。哼，真是要感谢希尔汗所赐呢。”

“我可以帮你们向他转达你们的谢意。”塔巴克说。

“给我滚！”狼爸爸狠狠呵斥道，“滚去跟你的主子一起捕猎，你这一晚上尽干坏事了。”

“我马上离开。”塔巴克毫不在意地说，“你们听听，希尔汗已经在山下的树丛里伏击着了，我要不来报信，你们还一无所知。”

狼爸爸竖起耳朵，果然听见山涧的小河里有老虎发出的声音，声音干瘪，充满了愤怒，看来这只老虎什么猎物都没有捕到。希尔汗并没有试图掩饰自己的行踪，就算整个丛林都知道了他的存在，他也不在乎。

“笨蛋！”狼爸爸说，“他这么大张旗鼓地干活儿，是不是以为丛林里的雄鹿都和翁因贡甲河边的耕牛一样，等着他去抓呢。”

“嘘！小声点儿，我看他今天晚上不是要抓牛犊子或者雄鹿，”狼妈妈说，“他要吃人。”

果然，那哀号声已经变了，变成了像哼歌一样的呜咽声，那声音在山谷里回响，仿佛来自四面八方。有时候这声音会把山里的樵夫和吉卜赛人都迷惑得自寻死路。

“人？”狼爸爸的獠牙闪着白光，“呸！他吃点儿青蛙、甲虫就行了，还妄想在我们的地盘上吃人？”

丛林法则并不是随便编写的。比如除了教幼年子女捕猎外，不允许任何野兽吃人，就算是教育子女捕猎，也只能在别处的猎场里进行。这种规定是为了避免吃人导致人类的围剿，一旦人们背着猎枪骑着大象，或者敲着锣、举着火把、带着火箭炮蜂拥而至时，住在丛林里的居民都会遭到池鱼之殃。当然，野兽们对外讲述的理由是人类这种动物太软弱太不堪一击了，攻击人类让他们显得只会欺负弱小。他们还找了另外的借口——这可能是真的——吃了人会得皮肤病，还会掉牙。

呜呜呜的声音越来越响亮了，突然传来一声吼叫，十分洪亮，是老虎猎捕时会发出的声音——“嗷呜！”

紧接着变成了一声哀叫。

“他失手了。”狼妈妈说，“怎么会这样？”

狼爸爸往外走了几步，果真听到希尔汗在树丛里跌跌撞撞的声音，嘴里还愤怒地咕哝着。

“这跛子真的没脑子，居然跳到了樵夫的火堆上，导致另一只脚被烧伤了。”狼爸爸一边听一边说，“塔巴克也在那里呢。”

“有什么上来了，”狼妈妈转了一下耳朵，“小心！”

树丛里沙沙作响，狼爸爸矮下身正要扑上去，扑到一半突然收住了，他缩着脚从四五英尺高的半空中几乎垂直下落回原地。因为他突然发现自己准备捕猎的目标不同寻常，所以只能硬生生停下。

“人类！”他大喊一声，“看，一个人类小孩！”

果然，在他的眼前站着一个赤身裸体的人类小孩，棕色皮肤，看样子刚会走路，他手里还抓着一根树枝保持平衡呢。狼爸爸还是第一次在狼窝里见到这样稚嫩还有着一对酒窝的小可爱。小孩抬头看了看狼爸爸，开心地笑了起来。

“这到底是不是个人类小孩？”狼妈妈说，“我还没见过人类小孩呢，把他带过来吧。”

狼总是用嘴把自己的孩子叼来叼去，他们可以在嘴里叼着一个鸡蛋而不把它弄破，所以狼爸爸紧紧地咬着小孩的后背，但直到他把孩子放到狼崽子们中间，小孩一点儿皮都没被他划破。

“真小啊！皮肤真光滑——胆子也大！”狼妈妈轻轻说。这时小孩正拼命贴住狼崽子们，汲取狼皮的温暖。“哎呀！快看呢！他和我的孩子们一起吃东西了。人类小孩原来是这样子的。除了我，恐怕没有哪只狼能炫耀自己的狼崽里有个人类小孩了。”

“我曾经偶然也听到过这样的事情，不过在我这辈里，我们狼群还没有出现过这样的事。”狼爸爸说，“他全身光溜溜的，没有一根毛，我一爪子就能要他的命。可是你看他这滴溜溜的眼神，真是完全不害怕我。”

正说着，山洞口的月光消失了，取而代之的是希尔汗的大脑袋和宽肩膀，他把洞口挤得满满当当的。塔巴克在后面说：“先生，先生，他就在这儿！”

“希尔汗，蒙您大驾光临，不胜荣幸，”狼爸爸双眼冒火，“请问有何贵干？”

“我的猎物朝这里来了，一个人类小孩。”希尔汗说，“他的父母已经跑了，但是他还在，快把他交给我吧！”

狼爸爸猜对了，希尔汗刚才的确扑到了一座火堆上面，脚受了伤，疼得他发狂。狼爸爸不害怕希尔汗，因为洞口很小，而老虎太大了，他的肩膀卡在洞口，是没有办法进来的。就像是把一个人关在木桶里和他人战斗，那感觉，简直就是进退两难。

“狼族向来自主行事，”狼爸爸说道，“狼只听狼王的命令，你这个一身条纹、吃耕牛的家伙别想指挥我们，这个人类小孩已经是我们的了——要不要杀死他，是我们的自由。”

“你们的自由？这是什么意思？凭我杀死过的公牛起誓，你难道想要我亲自进来，找回属于我的猎物？你可是在和希尔汗说话！”老虎暴跳如雷，怒吼声在山洞里回响。狼妈妈拨开狼崽子跳到他面前，绿莹莹的双眼宛如黑夜中的月亮，她径直盯着希尔汗，毫不畏惧他愤怒的眼神。

“那么让我拉克夏来告诉你，这人类孩子在我手里，他现在是属于我的，谁也别想杀了他，我要让他活下去，让他和狼崽子们一样奔跑捕猎。等着吧，你这个只敢猎捕人类小孩，只配吃青蛙和鱼的家伙，总有一天，你会成为他的猎物！现在，你给我离开这里，不然，凭我杀死过的大雄鹿起誓，当你再次回到你的领地时，你会比被火烧瘸腿更惨！滚！”

狼爸爸目瞪口呆地看着这一切，他差点忘记了，当年他在追求狼妈妈时，是和五只狼进行了惨烈的决斗，才赢得了她的芳心。那时在狼群中矫健奔跑的狼妈妈，并不是因被恭维才获得了“魔鬼”这一称号的。如果说希尔汗勉强还能对付一下狼爸爸，那他绝对无法胜过狼妈妈，他明白，她不只占据了有利的地形，更有着为了捍卫家庭殊死一搏的决心。

老虎咆哮着退了出去，不甘心地放话：“你们这些狗也只能在自己的地盘上汪汪叫！我就等着，看狼群会不会同意你收养人类小孩！这是我的猎物，迟早有一天他会成为我的盘中餐！你们这些大尾巴的小偷！”

看到他下了山，狼妈妈长呼一口气，卧倒在狼崽们中间，狼爸爸回过神来，严肃地对她说：“希尔汗确实说到了一个问题，你如果真的想收养这个孩子，就必须得让狼群过目。你想好真的要收留他了吗？”

“当然！”狼妈妈生气地说，“他在漆黑的夜里独自出现在这里，饿着肚子，赤身裸体，可他脸上却看不到一点儿畏惧。你看，他已经把咱们那小儿子挤开自己躺进去了。如果不把他留下，那他会被希尔汗那个跛子杀掉，等那个懦夫逃回翁因贡甲河去，我们就变成了本地村民的眼中钉肉中刺，我当然要留着他。”狼妈妈看向人类小孩：“你乖乖的啊，小青蛙。就叫你莫格利——青蛙莫格利，终有一日，你会如同今天希尔汗猎捕你一样干掉他的。”

“狼群会同意吗？”狼爸爸说。

丛林法则规定：每一只狼成家以后可以离开他所属的狼群；当他生下的狼崽能独立站立的时候，他必须带着他们去狼群中间，让别的狼认识他们。每个月的月圆日，狼群会集会，考察狼崽，通过的狼崽们从此就可以在丛林里四处玩耍。在他们能独立杀死一头雄鹿之前，成年狼不能用任何理由杀死一只狼崽，否则会被处死。

狼妈妈望着莫格利，舔了舔他的小手，莫格利已经快要睡着了，狼窝的温暖让他的小脸逐渐变得红扑扑的，他闭着眼睛向狼妈妈的脸上摸了几下，随后就在小狼崽中间睡着了。

“嘘，我们小声一点儿。狼群会不会同意我不太确定，但我的莫格利现在只是一只小狼崽，他的存在并不会给狼群带来威胁，我想他们也许会同意我们收养这个孩子的。”狼妈妈温柔地说。

狼爸爸说：“如果不同意呢？我们也许就要做好离开西里山狼群的准备。”

“事情还没发生呢。”狼妈妈在小狼崽身边侧身躺下，“别担心，当务之急是我们应该怎么照顾这个孩子呢？他看起来真弱小，我还从来没有养过人类的孩子呢。”

狼爸爸看着莫格利道：“能从希尔汗的嘴里逃出来，这个孩子可不简单呢，我有些期待抚养他长大的日子。”

狼妈妈回应狼爸爸说：“是吧，你也觉得这是一件有意思的事。”

狼爸爸点了点头，向山洞外谨慎地望去，希尔汗已经走远了，月光重新照进了山洞。丛林里一片静谧，想必某处的草地上正有雄鹿在觅食，狼爸爸准备出门去捕猎，毕竟现在可是有五个孩子要养活呢。

清晨的阳光悄悄钻进了山洞，莫格利的身上是一层粉嫩嫩的颜色，他的睫毛和头发在太阳底下金光闪闪，小家伙还在吮吸着手指做着美梦呢。

狼爸爸不知道什么时候已经带着猎物回到了山洞里，他现在应该是刚刚睡着，呼吸轻浅。狼妈妈最先醒过来，她现在正用舌头给小狼崽和莫格利梳理毛发。

四只小狼崽醒来后，睁开眼睛看着狼窝里粉粉嫩嫩的莫格利，纷纷上前闻了闻莫格利的味道，然后就在莫格利身边爬来爬去。莫格利也被吵醒了，他开始和小狼崽们在山洞里玩了起来，一会儿互相轻轻啃咬，一会儿在山洞里满地打滚。

由于莫格利和狼崽们太过幼小，狼妈妈需要随时在山洞中看护他

们，他们最远只能去到山洞周围，狼崽们对这位兄弟很是喜欢，每天都黏在一起玩耍。丛林里的居民们最近总在窃窃私语，他们说拉克夏生了一只奇怪的狼崽，拉克夏并不在乎这些话，因为她在等月圆之日举行的狼群集会。

时间过得很快，当小狼们可以行走的时候，狼爸爸带着他们还有莫格利以及狼妈妈去参加了狼群会议。集会所在的山头全是岩石，能藏住一百多只狼。独狼昂科拉智勇双全，是这一代的狼王。他平躺在专属于他的那块大石头上，下面坐卧着四十多只不同大小和毛色的狼；有獾色老狼，也有才成年的小黑狼。独狼成为狼王已经一年了，在他还年少的时候曾有两次踩进了人类设的陷阱里，还有一次是被人类打得奄奄一息，当时人们都以为他死了，所以把他扔在一边，他才得以逃生，因此他对人类是有所了解的。集会时大家都不怎么说话，成年狼们围成一个圈，小狼们就在圈里尽情嬉戏。有时会有一只老狼走到某只小狼面前，仔细打量，然后又悄悄回去原位。也会有某些狼妈妈把自己的孩子推到远处的月光下，以免他被忽视。昂科拉在他的宝座上威严出声："你们都知道法则——看看他吧，看看他！"狼妈妈们也跟着喊道："看看他吧，看看他——注意法则！"

终于到了这个时刻，狼妈妈紧张不已——狼爸爸把"青蛙莫格利"推到了圆圈中间，莫格利还笑着坐在那里玩着小石头呢。

昂科拉一直趴在那里，但是并未间断呼喊："看看他！"这时一声咆哮从岩石后发出来——那是希尔汗："这是我的猎物。把他还给我。你们和他有什么关系？"昂科拉毫不在意，仍然说着："各位好好看看！

除了狼王的命令，其他人和狼群又有什么关系？注意看！”

此起彼伏的嚎叫响起，一只年轻的狼又重复了希尔汗的问题：“可是我们狼群和这个人类小孩有什么关系？”丛林法则写明：如果狼群在考察狼崽时出现了争议，得有除了父母之外的两个人为他担保。

“谁来替他担保？”昂科拉说，“有人愿意吗？”没有人回答。因为狼妈妈知道结果可能不容乐观，所以她已经为战斗做了准备。

这时候巴卢说话了。巴卢是一只老棕熊，他负责教给狼崽们丛林法则。他也是被允许参加狼群集会的唯一异类，要知道，他只吃坚果、植物根茎和蜂蜜，还很爱睡觉。

“人类小孩？”他说道，“我来为他担保。人类孩子不会造成什么危害的。我不太会表达，但是我说的都是真的。让他和别的狼崽一起加入狼群吧。我可以教导他。”

“还得有一个担保。”昂科拉说，“除了狼崽们的老师——巴卢，还有谁吗？”

这时圈里出现了一个黑影，是黑豹巴依拉。他全身漆黑，只有在特定光线里才能看出豹子的斑纹。没人愿意得罪巴依拉，他和塔巴克一样狡诈，和野牛一样凶狠，他还和受伤的大象一样拼命。可是此刻他的声音却和蜂蜜一样柔软香甜，“昂科拉和各位狼大人，”他轻声说，“虽然我没有权利加入你们的集会，但是丛林法则说过：如果对一个新生儿的加入有疑虑，而又不到一定要杀掉他的地步，就可以出价买下他的命。法则并没有规定谁能出价，对吗？”

“没错！”一群总是饿肚子的小狼们喊起来，“巴依拉说得对，这个人类孩子可以出价买命。这是法则。”

“杀掉这孩子并不光彩，而等他长大了，还能更好地帮你们捕猎。巴卢已经为他担保了，现在我愿意再加一头我刚杀死的公牛，只要你们愿意接纳这个人类小孩加入狼群。这不是两全其美吗？”

瞬间，各种声音此起彼伏：“没错，说不定还没等长大，他就会在冬天被冻死，或者在夏天被晒死。一个没毛的‘青蛙’对我们能有什么危害？就让他加入狼群吧。公牛在哪儿呀，巴依拉？”

昂科拉低低地吼着：“仔细看看——各位！”

莫格利仍然玩着石子儿，并没有注意到有多少狼挨个儿过来打量他，随后那些狼又挨个儿离开去找公牛了，只有昂科拉、巴依拉、巴卢和莫格利一家还在这里。希尔汗愤怒地咆哮着，因为他没有得到莫格利。

“尽管叫吧，”巴依拉说，他抖动着胡须，“有朝一日这个光身子的小孩会让你换个调吼的，我敢保证。”

“很好，”昂科拉说，“人类是非常聪明的，日后我们会需要他的帮助的。”

“是的，说不定到了紧要的关头我们就要指望他了，毕竟狼王也不会永远是狼王。”巴依拉说。

昂科拉没说话，他很清楚，每个狼王都会有那么一天——不再强大，不再一呼百应，最后会被新的头狼杀掉——虽然新的狼王最后也难免一死。

“带他走吧，”昂科拉对狼爸爸说，“让他适应丛林。”

就这样，莫格利被一头公牛和巴卢的担保留在了西里山的狼群里。

莫格利是靠狼妈妈拉克夏的奶水长大的，自从他进入丛林以来，他从来没有感受到饥饿，因为他享有狼崽的权利，狼群中的任何猎手都不可以拒绝向狼崽提供食物。莫格利喜欢和狼兄弟们在丛林中奔跑嬉戏，在高处嚎叫，在草丛中观察野鹿。

随着莫格利逐渐长大，他长出了坚硬的牙齿和锋利的指甲，他经常需要找一些树干或骨头磨一磨牙齿，找一些粗糙的岩石磨指甲。在狼群中长大的莫格利起初并不会站立行走，他总学着狼妈妈利用四肢在地上奔跑，后来经过棕熊巴卢的教导，他逐渐学会了站立行走，但多数时候，他觉得只用双脚行走很笨拙。

丛林里有许多千奇百怪的植物，莫格利自从可以行走后，就经常跟在巴依拉身后在丛林中探险。巴依拉熟知丛林中的每一种植物，但莫格利对这个丛林还不太了解，他偶尔会误食一些有毒的植物，这时候巴依拉会急得在整个丛林中寻找解毒的植物。幸好每次都可以顺利解毒，第二天丛林居民们就又能见到莫格利又跑又跳的身影了。

狼兄弟们的毛跟随季节变化换了一次又一次，他们看起来强壮了不少。但莫格利由于没有皮毛覆盖的原因，在狼群中行走时看起来总是很瘦小，他独属于人类的肤色和头发让他在狼群中很显眼。但他可以很好地隐藏在秋天里，秋天的丛林一片金黄，当他隐藏在草丛中观察野鹿时，没有一头野鹿能看穿他的伪装。

为了让他更好地融入狼群，巴卢经常教莫格利一些关于狼群的法则。孤狼是很难在丛林中生存下去的，更别说是莫格利这样的人孩，因此莫格利必须与狼群一起生存。狼群的每一位成员必须遵守在夜晚捕猎的规定，大家只可以为吃饱肚子而捕猎，不可以为取乐而捕猎，也不可以将人类作为捕猎对象。如果与狼群中的成员相斗，则需要远离狼群单打独斗，其他成员不可以插手。狼群中若有成员犯错，只得由会议和法规来裁决他，如果没有法规可依，那就由头狼来决定。莫格利虽然年纪小，听不进去，但他大多情况下，是能好好遵守着这些狼群法则的。

一转眼十年过去了，莫格利和狼崽们一起长大了。当狼崽们成年时，他仍然还是个孩子。狼爸爸教导他像狼一样捕猎，告诉他各种丛林里的事情。终于，他能分辨暗夜丛林里的每一次风吹草动，哪怕是猫头鹰的一声夜啼，短暂栖息的蝙蝠在树上振动翅膀的声音，池塘里的鱼儿跃起又落下的声音。

不需要学习时，莫格利就坐在外面晒太阳，吃了睡，睡了吃；热了或者身上脏了，他就去水塘里游泳；想吃甜甜的东西，他就去树上找蜂蜜——这些是巴依拉教他的。巴依拉通常躺在一根枝丫上叫他："小兄弟，来这里。"一开始上树时莫格利很害怕，他像树懒一样紧紧抱住树枝，不过后来他就能在树林里像猿一样飞来跃去了。狼群集会时他也会去，然后他发现一旦自己盯住某一只狼看，那只狼就会低头避开他的视线。于是他反而故意去盯着他们看，并以此为乐。他还经常帮助狼拔出掌心里扎的刺。

夜里，莫格利常常独自下山，远远望着茅草屋里的村民，很是好奇。但他对人类没有信任感，因为他曾经差点儿踏入一个有着活动门的箱子，这个箱子在丛林里伪装得十分隐蔽，巴依拉说那叫陷阱。他喜欢和巴依拉一起进入丛林深处，白天睡懒觉，天黑了就去看巴依拉捕猎。巴依拉饿的时候什么都杀，莫格利也和他一样——除了牛。从莫格利刚懂事开始，巴依拉就告诉他不能去杀牛，因为他的性命是一头公牛换来的。“你可以拥有整个丛林，”巴依拉说，“只要你能力足够，想杀什么都行，但是看在当年那头公牛的份上，你绝不能对任何牛下手。这是丛林法则。”莫格利答应了。

莫格利渐渐长得又高又壮。狼妈妈偶尔会跟他提到希尔汗，告诉他有朝一日他一定要杀了希尔汗。如果是一只小狼，他会时刻牢记这个，但是莫格利是一个人类小孩，他很快就把狼妈妈的话抛之脑后了。

希尔汗现在经常来丛林这边，因为昂科拉老了，不再那么强大，瘸老虎便和一些年轻的狼结交起来，他们跟在希尔汗后面，在他捕猎的时候捡一些残羹。如果是昂科拉正当年，他们可不敢这样。于是希尔汗趁机挑拨离间，一边恭维他们，一边表示讶异：“你们这么年轻又出色的猎手，为什么甘心居于一只孱弱的老狼之下，还让一个人类对你们指手画脚。”

“我听说，”希尔汗时时提起，“你们集会时都避开他的注视。”那些年轻的狼瞬间被激怒了，嚎叫起来。

巴依拉耳目灵通，他知道这些事以后，不止一次苦口婆心地教育莫格利，希尔汗对他杀心不死。但莫格利毫不在意：“我有狼群，有你和巴卢，大家都能助我一臂之力。我怕他干吗？”

那天正好非常暖和，巴依拉听到了一个消息，大概是豪猪伊奇告诉他的，这让他有了一个新的想法。当莫格利这天再和他一起去丛林深处，把头枕在他那光滑柔软的黑色皮毛上时，他问莫格利："小家伙，希尔汗和你是天生对头这件事，我跟你说过多少次了？"

"大概有那棵棕榈树上的果子那么多吧。"莫格利说道，虽然他压根不识数，"那又怎么样呢？我困了，巴依拉，希尔汗除了尾巴长和说大话，还有什么了不起？"

"现在可不是犯困的时候。这件事的严重性，巴卢和我还有狼群都跟你讲过，甚至塔巴克知道的都比你清楚。"

"哈哈哈！"莫格利说，"就不久前塔巴克还来找过我，虽然他不怀好意地说我是个没有毛的人类，连花生都不配吃，但是接着就被我抓住尾巴在棕榈树上甩了两下，那时候他可算懂了点儿规矩。"

"你这干的什么蠢事，塔巴克虽然只会捣乱，可是他要跟你说的事确实没有问题。睁开你的眼睛看看，小家伙，希尔汗现在不敢在丛林里杀害你，那是因为昂科拉，可是昂科拉已经很老了，很快，当他无法独立杀死雄鹿的时候，他就当不了狼王了。当年你第一次参加集会时，那些打量过你、同意接纳你的狼，大多数也老了，而在希尔汗的挑拨下，现在年轻的狼已经不认为狼群里该有人类的位置了。莫格利，你快要成为大人了。"

"成为大人又怎样，难道我就不能和我的兄弟们一起继续在狼群里奔跑了吗？"莫格利说道，"我出生于丛林，我严格遵守丛林法则，哪一只狼没让我帮忙拔过爪子上的刺？我们是兄弟！"

巴依拉伸直了身体，眯起眼睛。"小家伙，"他说，"给我挠挠下巴颏儿。”莫格利抬起他的胳膊，手摸到巴依拉的下巴，发现在被光滑皮毛遮住的强壮肌肉中，有一块秃掉的地方。

“丛林里没有人知道我巴依拉有这个标记，这是项圈留下的标记。小家伙，我是在人类手上出生的，我母亲也是死在人类手上的，就在奥德普尔王宫的笼子里。也因为这个渊源，我才在当年用一头公牛把你从狼群集会上赎出来。我出生在人类的王宫，被关在铁笼子里，吃人类喂的食物，从来不知道丛林是什么样。突然有一天深夜，我醒悟到自己是黑豹巴依拉，而不是人类的宠物，于是我一爪砸开了那看起来很厉害的锁，跑进了丛林。由于我是人类养大的，在丛林里比谁都更了解人类，所以我比希尔汗更可怕，你说是吗？”

“当然，”莫格利说，“没有谁不怕巴依拉——除了莫格利。”

“哈，你是人类的孩子，”黑豹温和地说，“就和我终究要回归丛林一样，你终有一天也得回到人类的世界——那里的人，才是你的兄弟——前提是你没有在集会上被杀死。”

“但是他们到底为什么一定要杀了我？”莫格利说。

“你看着我。”巴依拉说，莫格利便直直注视着他的眼睛，不到半分钟，巴依拉就挪开了视线。

“这就是原因。”他说，“即使是我，出生在人类世界，那么爱你，我也无法直视你的眼睛。小家伙，他们也一样，他们恨你——因为你不一样。你很聪明，能帮他们拔刺——因为你是人。”

“我还是不明白。”莫格利闷闷不乐，眉头紧锁。

“丛林法则是什么？先下手才发声，你不能再这样随随便便了，可得放聪明点儿，大家都清楚，毕竟昂科拉现在捕猎已经很吃力了，只要下次他猎捕失败，狼群就会对他和你下手了，他们会召开集会——到时候——到时候——我想到了！”巴依拉突然跳起来，“你马上去山谷里那些打猎人的歇脚屋，弄一点儿他们种的红色花，到时候你就有所依仗了，要知道，红色的花可比我们都要可靠。去吧！”

巴依拉说的红色的花其实是火，丛林居民们不知道它到底叫什么，但是都畏惧它，所以用各种词句来描述它。

“红色的花？”莫格利说道，“我知道，每天傍晚他们就种在房子外面。那我去弄点儿来。”

“这才对，”巴依拉说，“记得它是在小盆子里生长的，你去拿一盆，好好保存起来，必要的时候用上。”

“好的！”莫格利说，“我现在就去。可是你确定，巴依拉？”他抱住黑豹优美的颈项，看向他，“你确定希尔汗干了这些事吗？”

“凭当年我砸开的那把破锁起誓，我确定。”

“那我就凭当年交易的那头公牛起誓，我要和希尔汗算算总账了。”莫格利蹦跳着走了。

“这才像个人的样子。”巴依拉喃喃自语着躺下了。

莫格利穿过森林，着急地奔跑着，在夜幕降临时回到了自家山洞里。他喘着气看向山谷，狼妈妈在山洞里听见他喘气的声音，问他怎么了。

“希尔汗胡说了一些话。”莫格利喊着，“我要去村里。”他冲下山，一直跑到谷底的小河那里。然后就听到了狼群的怒吼，其中还夹杂着一只大雄鹿的叫声，雄鹿已经被追赶到了绝境。

这时响起了年轻的狼们不怀好意的叫声：“昂科拉，昂科拉！威风凛凛的首领，跳啊！”

昂科拉应该跳了，但是没有扑中大雄鹿。莫格利听见他的牙齿闭合的声音，一声惨叫，他被大雄鹿用前爪踢翻了。

莫格利不再等待，他拼命向前跑，当他来到村中的耕田里时，几乎已经听不见身后的叫声了。

“巴依拉是对的，”莫格利倒在小屋旁边一堆干草上，大口喘气，“明天对我和昂科拉都非常关键。”

他把脸贴紧了窗子，仔细观察炉火。深夜了，他看到农妇起来，把几块黑色物体塞进炉子。等到天亮，大雾弥漫，寒冷彻骨，他看到农民的小孩端起一个柳枝编的盆子，里面糊了厚厚的泥，他拿出炉子里面已经通红的木炭放进去，再把盆子盖上毯子，就出去了。

“原来如此！”莫格利说，“小孩都能搞定，那我也没什么可怕的。”

于是他从屋子转角出去，从孩子手里把盆子抢过来，飞快地跑掉了，小孩吓得大哭起来。

“他们和我长得确实很像。”莫格利自言自语着向盆子里呼气，然后往里扔了些树枝和干树皮。他刚走到半山腰，看到了在等他的巴依拉。

“昂科拉扑空了。”黑豹说，“狼群昨天夜里想杀掉他的，但是他们还想连你一起杀掉。他们刚刚还满山地找你。”

“我去了村子，我已经准备好了。你看！”莫格利举起了火盆。

“很好！我看到人是往里面放一根干树枝让红花开起来。你害怕吗？”

“不怕。我为什么要怕。说起来我总觉得我还不是狼的时候，好像就是睡在红花旁边的。那可真舒服。”

莫格利这一天都在山洞里照顾火盆，不停地插进树枝看会怎么样。最后终于发现了一根让他满意的树枝。傍晚，塔巴克来通知他去集会，他大笑起来，塔巴克吓得跑了。莫格利一路大笑着去了会议岩。

孤狼昂科拉躺在他的石头边，说明新一任首领还没选出。希尔汗被那些和他一伙的狼蜂拥着四处行走，享受各种吹捧。巴依拉挨着莫格利躺着，火盆藏在莫格利的膝盖之间。

狼都到齐后，希尔汗讲话了——昂科拉还是首领时他可不敢这样。

“这太可笑了，”巴依拉轻声说，“他算什么东西，有什么资格发言。”

莫格利跳了起来。“自由兽民们，”他喊道，“希尔汗什么时候成为首领了？一只老虎与我们有什么相干？”

“狼群现在没有首领，我是应邀来的——”希尔汗继续讲话。

“谁请你来的？”莫格利说道，“我们可不是豺狗子，需要捧着这个只会杀牛的懦夫？狼群的首领只能狼群说了算。”

不同的声音都叫嚣起来：“闭嘴，你这个人类孩子！”“让他说。他向来遵守丛林法则。”

一些年长的狼也咆哮起来：“让死狼说话吧。”（只要狼群的首领未能击杀猎物，即使还留着性命，也会被叫作“死狼”，通常也活不久了。）

昂科拉吃力地抬起头：“自由兽民们，还有希尔汗的跟班们，曾经在那些我带你们去捕猎的季节，无论任何时候，我从未让一只狼掉进陷阱，受伤致残。现在你们说我杀不死猎物了。但是你们应该都清楚，是谁设计了圈套，是谁在情况不明的时候，就把我带去一只雄鹿那里，等着我出丑？这的确是一个除掉我的好办法，现在我赋予你们杀死我的权利。那么，你们谁要来呢？按照丛林法则，我有权让你们挨个儿上来和我决斗。”

一时间，四周静默了，没有哪只狼愿意去跟昂科拉殊死搏斗。终于希尔汗嚷嚷起来：“呸！别管这个老掉牙的！他活不了多久了！倒是这个人类孩子，已经逍遥太久了。他已经把丛林里的规则搅乱十年了。现在，把他交给我吧，不然我就一直在丛林里捕猎，让你们一根骨头都吃不到。他是人，是人类的孩子，我是不会放过他的。”

于是超过半数的狼也跟着吼起来：“人！人！人类与我们无关，让他滚回原来的地方！”

“不行，万一他找村子里的人来围剿我们呢？”希尔汗嚷道，“把他给我吧，他是个人，你们都不敢和他对视。”

昂科拉抬起头说：“他和我们吃一样的食物，和我们一起安睡，帮我们赶来猎物，他从未违反丛林法则。”

“还有，当初我用一头公牛交易了他，他也被狼群接受了，一头公牛没什么，可是这关乎我巴依拉的荣誉。”巴依拉温柔地说。

“十年前的一头公牛，现在连骨头都不剩了！”狼群嚎叫起来，“还提它干吗？”

“那誓约也失效了吗？”巴依拉说道，白牙森森，“你们还配叫自由兽民吗！”

“人类不能生存在丛林里，”希尔汗吼道，“把他给我！”

“除了血统以外，不管从哪一方面，莫格利都是我们的一分子，”昂科拉接着说，“但你们却想杀掉他。我知道你们在希尔汗的教唆下，有的去吃牛，有的抢夺村民的孩子。你们这群胆小鬼。我已经活太久了，离死也不远了，剩下的生命已经不足以代替这个人类孩子去死了。然而为了狼群仅有的荣誉——我想你们已经不记得了——我承诺，如果你们让这个孩子回到他自己的地方，我就放弃决斗的权利，这样至少你们可以少损失三条性命，还可以使你们不至于因为背信弃义而让狼群蒙羞。”

“他是人——人——人！”狼群吼道。大部分狼聚集到希尔汗周围，蠢蠢欲动。

“现在，轮到你了，”巴依拉对莫格利说，“除了拼死一搏，我们没有别的路可走。”

莫格利站得笔直，双手捧起火盆向前一伸，他打了个呵欠，看起来毫不在乎，其实他心里已经充满了无限愤懑。他当他们是兄弟，却从不知道他们这样恨他。

“听着！”他喊道，“别再纠缠不休了。你们今晚已经让我认识到我是个人，所以你们也不再是我的兄弟。人类叫你们狗，我也这样叫。但是你们现在想干什么，不是你们说了算，只有我能说了算。如果你们不明白，看看我手上的红花吧——你们一直害怕的东西。”

他把火盆放到地上，扔进去一簇干苔藓，火盆里一下子烈焰熊熊，所有野兽都慌忙后退。

莫格利把那根树枝放进火里，不久树枝就燃烧起来了，他挥舞起树枝，其他野兽看着害怕不已。

“好了，你赢了。”巴依拉轻轻说，“快救救昂科拉，他可是你的朋友。”

昂科拉，这只到最后都不曾软弱的老狼，向莫格利投去乞求的目光。莫格利一丝不挂站在火光里，慢慢说：“好！”

他环顾四周：“我现在要离开这里，回去人类的世界了。丛林不肯接纳我，从此我会忘记你们的。但我好歹有良心，所以我承诺，即使我成为人类的一员，我也不会跟你们出卖我一样，向人类出卖你们的。”

他踢了踢火盆，继续说：“我们人类不会和狼群开战。但是在我走之前，我还有账要算。”

他一步跨到希尔汗跟前，抓住他下巴上的那撮毛，巴依拉跟在后面，防止不测。

“给我站起来！”莫格利喊道，“以后当人类说‘站起来’的时候，你必须站起来，不然我就烧掉你的毛！”

希尔汗耷拉着耳朵，紧闭眼睛，因为火挨得太近了。

“一个只敢杀牛的家伙想在集会的时候杀死我，你凭什么？我告诉你，你要敢动弹，我就把这红花塞到你喉咙里去。”他用火树枝抽打希尔汗的虎头，希尔汗害怕得一直哼哼。

“滚！你可要记住了，当我下次再来会议岩的时候，我作为一个人类，一定会把你的皮剥下来披在身上。另外，我警告你们，让昂科拉自由地生活，你们谁都别想杀了他。你们不配坐在这里，你们快滚吧！”树枝上的火熊熊燃烧，莫格利四处挥舞着，许多狼的皮毛被火星点燃，他们叫嚣着跑掉了。最后只剩下昂科拉、巴依拉，还有支持莫格利的十来只狼。莫格利突然觉得心脏一阵锐痛，他以前从没有过这样的感觉，眼泪随之滑了下来。

“这是什么？”他说，“我不想离开丛林，这是什么？我是不是要死了？巴依拉。”

“不是的，好孩子。这是人类的眼泪，他们常常有。”巴依拉说，“你确实长大成人了，莫格利，从此以后，丛林的门确实要对你关上了。痛快哭吧，莫格利，这只是眼泪。”

于是，莫格利有生以来第一次痛哭了起来。

“唉，”他说，“我要回到人类的世界了，但是我必须和妈妈道别。”他回到了自己的狼洞，趴在狼妈妈身上狠狠哭了一场，他的四个兄弟也跟着一起哀嚎了起来。

“你们会忘了我吗？”莫格利说。

“只要我们还能辨别出你的味道，就绝不会忘记你。”他的四个兄弟说道，“你成为人类以后，也能来山脚下，我们可以聊天，以后深夜我们也可以去村里找你。”

“要回来看我们！”狼爸爸说，“我聪明的青蛙莫格利，别让我们等太久，我们都老了。”

“快点儿回来！”狼妈妈说，“我的儿子，你知道的，我疼你超过我亲生的孩子。”

“我一定会回来，”莫格利说，“当我回来的时候，我会带着希尔汗的皮。别忘了我！帮我跟丛林中的伙伴们告别，让大家都不要忘记我！”

天要亮了，莫格利独自下山，去见那些被称作人类的神秘生物。

卡奥的狩猎

这个故事发生在莫格利还没有被西里山狼群赶走的很早以前。

那时，他还在巴卢那里学习丛林法则。老棕熊严肃又古板，却非常喜爱莫格利这个聪明的学生。毕竟普通的小狼只需要学关于自己族群的丛林法则，他们往往学会了一首捕猎歌后，就再也不来了。而莫格利作为一个人孩，需要学的就太多了。巴依拉时常会过来，看看他的小家伙过得如何。在莫格利被巴卢要求背诵的时候，他就倚在树上呜咽着。莫格利擅长攀爬、游泳和奔跑，于是老巴卢着重教给他"林水法则"：如何分辨树枝是否腐朽；碰到高处的野蜂窝时，怎么礼貌地打招呼；在午间打扰了树上的蝙蝠时，怎么道歉；下水之前应该先和池塘里的水蛇说一声，等等。丛林居民在被打扰的时候经常会第一时间发起攻击，于是莫格利学习着进行"陌生人的狩猎预告"。每个丛林居民离开自己地盘进行狩猎时都会进行这种呼叫预告，直到被回应。呼叫的意思大概是："我饿了，请容许我在这里狩猎。"回答则是："狩猎是为了生存，而非取乐。"

从他学习的种种法则中可以看出，莫格利需要记住的东西太多了，巴卢的教学方式是不停重复，这让莫格利很快就感到厌烦了。于是有一天，在老巴卢打了他之后，他生气地跑了。巴卢对巴依拉说："作为一个人孩，想要在丛林里生活，他就得学会全部丛林法则。”

“可是他太小了，”黑豹说，“要记住那么多东西太为难他了。但是也不能太惯着他，会惯坏的。”

“丛林可不会因为他小而优待他。这些东西他如果不好好记住，将来一定会吃苦头的，我也只是在他忘记的时候轻轻打了他一下。”

“还轻轻呢，你这可是熊掌。”巴依拉咕咕哝哝地说，“他的脸都被你刮破了。”

“我现在不管他，难道要等他出事吗？”老巴卢一板一眼地说，“我最近教他的可是‘丛林密语’呢，在他碰上其他飞禽走兽的时候，这种密语会保护他。他记得这些语句，就可以要求保护，可以不受伤害。为了学会这项本领，挨点打算什么。”

“那你也别那么用力，他的脸和你磨爪子的树干可不一样。不过，‘密语’是什么？虽然我不太可能求人保护，”巴依拉欣赏着自己巨大爪子上那尖锐的爪钩，“不过我还是挺好奇的。”

“让莫格利来告诉你吧。来，小家伙！”

“我的头一直在嗡嗡响。”头顶传来一个微小的闷闷的声音，接着莫格利从树干上滑下来，一副生气的样子，“哼，我是来见巴依拉的，可不是因为你才来的，老巴卢！”

“这对我来说是一样的。”老巴卢有些难过地说，“那你给巴依拉念念我今天教你的密语。”

“哪一类？”莫格利骄傲地说，“我知道丛林的每一种语言。”

“你只知道一点儿，并不是每一种。巴依拉，你看，他们从不知感谢老师。快说出猎手的密语吧，聪明的学者。”

“你我是血亲。”莫格利用熊的口音说。

“好的，然后是鸟语。”莫格利又用鸟语说了一次，还模仿了老鹰的呼啸。

“来说说蛇族的。”巴依拉说完后，他听见了惟妙惟肖的嗞嗞声，那绝妙的声音让莫格利都手舞足蹈地夸奖起自己来，莫格利跳上巴依拉的背踢着脚，对着老巴卢做了个鬼脸。

“好啦，挨打也没什么，总有一天你会明白我是对的。”棕熊温和地说。然后他开始和巴依拉说起来，自己是怎么请到野象哈迪教莫格利密语的，还说到哈迪带着莫格利去池塘的一条小蛇那儿学会了蛇语。巴卢说，这样不管出了什么事，莫格利都不会有危险，所有的丛林居民都不会伤害他。

“现在你可以毫不畏惧了。”巴卢骄傲地拍了拍自己的大肚皮说道。

“丛林里的所有居民可不包括他自己的部落……”巴依拉轻声说，然后大声问莫格利，“你在我背上跳来跳去干吗呀，小家伙？”

莫格利抓着巴依拉的毛，踢着脚喊道：“我可以自己成立一个部落，我要带着他们在树上穿来穿去。”

“你又在做什么新的白日梦，小梦想家？”巴依拉说。

“然后让他们扔东西砸老巴卢，”莫格利继续说，“他们都答应我了。”

“呼。”巴卢一掌把莫格利搂到自己怀里，人孩躺在他的手掌中，发现他生气了。

“莫格利，”巴卢说，“你是说你和班达罗哥——猴族有联系吗？”

莫格利想看巴依拉是不是也生气了，他发现巴依拉的眼神很严肃：“你居然跟猴族这种不守丛林规则的种族混在一起。真让我羞耻。”

“巴卢打破了我的头之后，”莫格利说，“灰猿们下树来安慰我，只有他们同情我。”他抽了抽鼻子。

“猴族的怜悯！”巴卢哼了声，“真是能在夏天也让人透心凉。还有什么？”

“他们还给了我很多食物，把我带到树冠上，说我和他们是兄弟，除了我没有尾巴。总有一天我会成为他们的首领。”

“猴族没有首领，”巴依拉说，“他们总喜欢撒谎。”

“他们很客气很有礼，还让我再去玩。说起来为什么从来不让我接触猴族呢，他们和我一样直立行走，每天玩耍。我想和他们一起玩。”

“听好了，莫格利。”老巴卢说起话来像是轰隆隆的雷鸣，“你已经学到了所有丛林居民的相关法则，除了猴族，因为猴族没有法则。他们是被丛林居民放逐掉的。他们没有自己的语言，总是在高高的树上偷听偷看。他们没有首领，不长记性，只喜欢吹牛念叨，装出一副厉害的模样，只要一颗坚果就能让他们转移注意力，忘记之前说了什么。他们和任何族群都不一样，我们也不和他们来往，不管是吃喝拉撒还是生老病死，都没有交集。在今天以前，我和你提到过猴子吗？”

“没有。”莫格利说，“丛林居民从不提起他们。你说他们很坏，可是他们又特别想让丛林居民关注他们。但即使他们扔东西砸别人，别人也不理会他们。”话音未落，一大堆坚果树枝从高处噼里啪啦地砸了下来，还伴随着愤怒的嚎叫声和蹦跳的声音。

“丛林居民从不允许猴族接近。”巴卢说。

巴依拉说：“我以为巴卢你早就告诫他防着他们。”

“我哪里想得到他会和他们玩到一起去呢！”

又是一堆东西砸到他们头上，他们赶紧带着莫格利离开了。关于猴子，巴卢并没夸大其词。猴族在树顶上生活，野兽们并不会和他们有所交集。但是猴子一旦发现受伤生病的野兽，就会来欺负他，还经常恶作剧，以引起野兽们注意。他们常常嚎叫，诱导某些野兽爬上树和他们打架，或者他们自己莫名其妙就互相打起来，然后把被打死的猴子扔到别的野兽地盘上。他们一直没有自己的首领，也没有自己的法则，他们总是说首领就要产生了，但是从未真的实现，总是半途而废，他们还自觉骄傲。没有野兽愿意和他们打交道，所以莫格利愿意和他们玩耍，他们无比惊喜，他们当然也知道巴卢会有多愤怒。

他们从来不会筹谋什么事情，但是其中一只猴子倒是想出了一个自认为绝妙的主意。他提出他们应该把莫格利留住，因为莫格利很有用，会编织树枝挡风，还能用树枝建造小屋。猴子认为他聪明又神奇，想要他将这些本事教给他们，并让莫格利做他们的首领，这样丛林居民就会注意他们，羡慕他们。于是他们一路追踪，在莫格利睡午觉的时候，把他偷走了。

莫格利隐约觉得有几双手搭在他的胳膊和腿上，他的脸上全是枝叶，他听到巴卢的低吼，从树枝间隙看到巴依拉跳上树干，龇出满口白牙。猴子们吱哇乱叫，在树顶上打闹着："巴依拉发现我们了！我们的本领和智慧被丛林居民们注意到了！"然后他们开始飞越林地。那种景象难以描述，他们的脚下有无数条路，不管上山下山，都在其他人无法接触的高处。两只最强壮的猴子架着莫格利的胳膊，带着他穿越树顶——如果他们不带人还会更快。莫格利虽然觉得晕头转向，有时往下看会觉得胆战心惊，但是他又禁不住喜欢这种飞跃的感觉。护送他的猴子想把他推到一棵树上，直到树梢最细的枝丫都被压弯，然后随着咳嗽和高兴的喊叫声，他们又向空中冲去，再用手脚悬挂到另一棵低一些的树上停住。他忽而看见延绵不断的绿色丛林，宛如一个人在帆船上看到浩瀚无边的大海，枝叶扑打着他的脸。就这样跳冲喊叫着，猴族带着莫格利沿着树道浩荡而去。

途中，他担心被猴子们扔下去，但是也不能挣扎，于是他开始思考。首先他得想办法给巴卢和巴依拉送个信儿，毕竟猴子们的速度太快了，野兽们跟不上。他向下什么都看不到，于是他抬头张望，看见远处天空中，老鹰奇儿振翅盘旋飞舞，在等待一口残羹。奇儿看到猴子们带着什么，好奇地飞低了些，然后惊讶地呼哨起来，因为他听见莫格利发出了老鹰的密语——"你我是血亲"。奇儿滑翔到下一棵树上空，听到莫格利的第二句密语："请把我的行踪告诉西里山狼群的巴卢和会议岩上的巴依拉。"

"以谁的名义，兄弟？"奇儿没见过莫格利，不过他听说过。

"青蛙莫格利。他们叫我人孩！请注意我的行——踪！"

莫格利尖叫起来，因为他正被荡到空中。奇儿点了点头，飞向高空，悬停住用“千里眼”注视着莫格利的去向。

“猴子们走不远。”奇儿笑嘻嘻地说，“他们从来一事无成，就爱贪鲜。不过这回他们怕是惹上了大麻烦，巴卢可不是小毛头，而巴依拉杀他们，比杀只羊还容易。”

而此时，巴卢和巴依拉真是又气又急，巴依拉爬到他未到过的树上，树枝都断了，他只好下来，爪子里全是树皮。

“你怎么不好好警告他呢？”巴依拉吼道。巴卢笨重地跑动起来，想要追上猴子们。

“你不警告他，光打他有什么用？”巴依拉忍不住抱怨。

“快，赶快！我们——我们可能还能赶上抓住他们！”巴卢喘着粗气。

“就这个速度无论如何都来不及的！停下来安静坐着，动动你的脑子,法则老师,想想办法。万一我们追太紧,他们把他扔下来怎么办？”

“说不定他们已经把他扔下来了，因为带着他太累了。那可是猴族。他们会对我扔死蝙蝠，把我推到野蜂窝！莫格利，莫格利！我怎么没有警告他防备猴子，我真不该拍他的脑袋！说不定他把功课都忘记了，他没有掌握密语可怎么办？”巴卢捂着耳朵在地上哼哼着滚来滚去。

“至少刚才考他的密语都是对的。”巴依拉不耐烦地说，“巴卢你也注意一下形象，要是我像豪猪一样打滚号叫，丛林居民会怎么看？”

“这关我什么事？我担心莫格利可能已经死了。”

“除非他们抓他是为了取乐，或者无聊，才会把他扔下来或者杀掉他。我并不担心，人孩聪明机灵，懂事有礼，他还有一双丛林居民都害怕的眼睛。只是现在他被猴族绑架了，他们有恃无恐，不把我们当回事。”巴依拉舔着前爪说。

“哦，我真是傻，我是个只会刨树根的傻瓜胖熊。”巴卢突然爬起来说，“野象哈迪说过，‘一物降一物’，而猴子们害怕蟒蛇卡奥。卡奥可以爬到树顶吃掉小猴子。咱们去找卡奥。”

“他能帮我们什么呢？他没有脚，也不属于我们部落，还有一双可怕的眼睛。”巴依拉说，“他狡诈凶狠，而且永远吃不饱。”

“我们可以给他很多山羊。”

“他吃饱了就要睡一个月，说不定现在就在睡。就算醒着，如果他宁可自己去杀山羊，也不要我们给的山羊呢？”巴依拉不怎么了解卡奥，不免顾虑。

“如果那样的话，你和我一起去和他讲讲道理。”巴卢用肩膀蹭了蹭黑豹，说完他们便动身找蟒蛇卡奥去了。

卡奥没有睡觉，他正在一块大石头上把自己伸展开来享受午后温暖的日光，他刚蜕完一次皮，一身崭新的花纹无比美丽。那三十英尺长的身躯盘成了一个奇怪的结。他咝咝吐着舌头，盘算着下一顿美味。

“他还没吃饱，”巴卢看见那崭新的花纹，松了一口气，“小心点儿，巴依拉！他刚蜕完皮的时候眼睛会不太好，容易被刺激。”

卡奥没有毒——他压根儿看不上毒蛇，觉得他们胆小——而他只需要用自己巨大的身体缠绕住猎物，就能解决对方。“祝打猎顺利！”巴卢说。卡奥一开始并没听到这个招呼，他盘旋起来的时候才看到了巴卢。

“祝打猎顺利。”他回道，“啊，巴卢，你来干吗？还有巴依拉。有什么猎物的踪迹告诉我吗？我现在饿得要命。”

“我们确实有。”巴卢假装不经意地说。他知道对卡奥不能强逼。

“那请容许我和你们一起打猎。”卡奥说，“多一只少一只，对你俩来说不算什么，可我不一样，我可能得等好多天才能抓到一只小猴子。现在的树枝也长得不好，一点儿都不结实。”

“也可能是因为你太重了。”巴卢说。

“我只是有点儿长，”卡奥略微骄傲地说，“但是主要还是得怪这些新生的树木，上次捕猎我差点儿摔下来——而且下滑的时候吵醒了猴群，他们一直在骂我。”

“没脚的大黄虫。”巴依拉若有所思地说，好像回忆起了什么。

“嗞——！是这样骂我的吗？”卡奥说。

“上个月猴子们好像就是这么喊你的，不过我们从来不搭理他们。他们一向口无遮拦——比如说你牙都没了，连只小羊羔都对付不了，公山羊的角就能震慑你。”巴依拉温柔地说。

蛇，尤其是卡奥这种已经活了很多年的老蛇，一向是谨慎自持的，但现在能看出来他生气了。

“猴群搬家了，”卡奥静静地说，“我今天晒太阳的时候听到了他们的叫声。”

“对，我们现在正在追踪他们。”巴卢说得结结巴巴，因为这还是他印象里第一次，一个丛林居民表现出对猴群的关注。

“能让你们两位顶尖猎手一起追踪猴群，我敢肯定发生了什么大事。”卡奥礼貌地回答，其实他的身体都被好奇心激得鼓起来了。

“确实。”巴卢说，“不过我只是西里山狼崽们的老师，但是巴依拉——”

“的确发生了大事，卡奥。这些只会偷盗的家伙偷走了西里山狼群的人孩，或许你知道他。”黑豹说。

“我确实听到过一些消息，说一个人样的东西在某个狼群，不过我不相信。伊奇总是编故事。”

“但这件事是真的。他是个人孩，”巴卢说，“就算在人里面他也是出类拔萃的——他是我的学生，我——我们——喜爱他，卡奥。”

“嗞！嗞！”卡奥晃着脑袋，“喜爱——我明白——我也有一些故事可以讲——”

“那要等一个晴朗的晚上，大家吃饱喝足以后一起来听。”巴依拉打断了他，“我们的人孩被猴群抓走了，而我知道他们只害怕卡奥你。”

“他们只害怕我，这倒不是没有道理。”卡奥说，“吵闹，愚笨，虚荣，就是猴子们的特点。你们说的那个人样的孩子落在他们手里可不太妙。他们摘坚果是摘着就往下扔，掰了树枝想做点什么结果却把它掰折了。他们不会稀罕那个人类孩子的，连我都被他们叫‘黄鱼’，是不是？”

“虫——虫——大黄虫，”巴依拉说，“还有别的，但我说不出口。”

“让我们去教导一下他们，让他们知道我们的厉害，让他们不再随便说我的坏话。他们带着人孩去哪里了？”

“我们还以为你知道……可能只有丛林知道了。”巴卢说。

“怎么可能？除非他们跑来我面前，我会一抓一个准儿。我从来不追捕猴子。”

“上面，上面！上面，上面！看上面，西里山狼群的巴卢！”

巴卢抬起头来寻找声音的来源，原来是老鹰奇儿，他往下俯冲，翅膀边缘有阳光闪亮。他已经牺牲了自己睡觉的时间，飞越了整个丛林来寻找巴卢。

“有什么事？”巴卢说。

“我在猴群里看见莫格利，他让我来转告你他的行踪。猴子已经把他带到河对面的‘冰穴’去了。不清楚他们会在那里待多久，不过我已经让蝙蝠从天黑到天亮这一段时间对他们严密监视了。我的信息已经带到了，祝下面的诸位打猎顺利！”

“吃饱睡好，奇儿，”巴依拉喊道，“我记住你了。下一次捕猎，我会专门留下头颅给你的。你真是机智英勇的老鹰！”

“没关系没关系，举手之劳而已。那孩子对我说了密语，所以我才能给你们送信儿。”奇儿盘旋了一圈，回去了。

“他记得使用密语。”巴卢骄傲地笑起来，“这个孩子不但记住了鸟的密语，还能在半空中用起来。”

“这些知识在他脑中已经根深蒂固了。”巴依拉说，“我真为他骄傲，现在我们出发去‘冰穴’吧。”

“冰穴”其实是一座废弃的古城堡，藏在丛林深处，巴卢他们知道但是不常去，毕竟那是人生活过的地方，野兽并不愿意去。但是猴子却不在乎，他们住在那里。而其他野兽只有在旱季会去那里的水库救急。

“全速也要走大半夜。”巴依拉说。

“我会尽量快的。”巴卢犯愁地说。

“我们不能等你，我和卡奥先走了，你尽快赶来。”

“我反正能跟上你。”卡奥说。

巴卢一开始还很努力地跟着卡奥和巴依拉，但是不久他就得停下来休息。而巴依拉他们也不再等巴卢，巴依拉一路小跑，卡奥沉默又迅速地和他并进。经过一条山涧时，巴依拉跳过去了，这让他比游过去的卡奥快了一点儿。但是一上岸，卡奥又跟上了。

“你速度真不错！”到晚上的时候巴依拉说。

“我很饿。”卡奥说，“再说，他们还叫我花皮青蛙。”

“是大黄虫。”

“都一样，快走吧。”

这会儿“冰穴”里的猴子们压根儿没想到莫格利的朋友们会来。他们正因为成功带走了莫格利而得意忘形。

莫格利第一次见到城堡，虽然现在这只是一片废墟，但还是很壮观。这座废墟坐落于山顶上，原本是一位国王的居住地，国王离开后，城堡就被人们遗忘了。山间那条通往城门的石头路依然清晰可见，由于年久失修，树木繁茂，这座城堡已经快要与山融为一体了。倾塌的城门上挂着一些木片，城墙被树木穿透，藤蔓爬满了窗格。

城堡的主殿已经没有屋顶了，大理石地面也破了，到处是污渍。城堡的庭院里铺满了鹅卵石，国王曾经在这里养过大象，现在周边茁壮生长的树根已经把鹅卵石路面撑裂了。站在宫殿里可以看到外围破败得像蜂窝的房屋，还有长满野无花果树的寺庙，这些都是猴子们的探险地。猴子们把这里当成他们的属地，并且因此看不上丛林居民，因为他们觉得住在这里比住在森林里高贵。但他们并不懂建筑的意义，也从未真正用到城堡，只是混在一起玩闹嬉戏或者打架。他们四处探险，但是从不记得看到过什么。他们在城堡里玩腻了就又回到丛林的树顶上，开始找丛林居民的麻烦，周而复始。

莫格利从小学习丛林法则，他对猴子们这种生活毫无兴趣。被猴子们长途搬运，他已经又饿又累。但是猴子们依然兴致勃勃，又唱又跳，一会儿又宣布莫格利将给猴子们带来崭新的生活，会教他们学会编树枝藤条，然而当莫格利捡起树枝藤条教他们时，他们又很快厌倦，开始各自闹腾。

猴子们在御花园的台子上成群厮打吵闹，花园里的玫瑰被摇落了一地花瓣；又或是互相找着看不见踪迹的跳蚤；有的在那些没有房顶的房间里跑来跑去；有的在水池里喝水，边喝边打水仗，水池里的水被搅得黑乎乎的。一番乱蹦乱跳后，猴子竟然还不觉得疲累，长途跋涉来到这里的莫格利再也忍不住了。

“我饿了。”莫格利说，“给我吃的，不然我就要在这里捕猎了。”

于是一些猴子出去给他摘坚果，然而他们在路上又开始打闹，过了很久才把仅剩的果子带回来。莫格利又饿又难受，在城堡里逛来逛去，不时发出呼叫，然而没有得到回答。莫格利觉得一切真是糟透了。

“巴卢说的关于猴子的话一点儿没错。”他心里想，“他们毫无秩序，没有首领，什么都没有。如果我在这里饿死或者被他们杀了，也是我自找的。但我必须得想办法回去。”

莫格利一靠近城墙，就有猴子拉住他，并且用手指掐住他，让他止步。他只好作罢，然后跟着吵闹的猴子们走到一个平台上，下面有个装了半池雨水的蓄水池，平台中间有一座已经倒塌的白色夏宫。莫格利浑身酸痛，又困又饿，但是当几十只猴子对着他宣告他们是多么聪明、优秀、强大，他想离开是多么不明智的选择时，他还是没忍住笑了起来。猴子们以为这是赞同，于是更加兴奋地成群结队站到平台上，听代表们赞美猴群。然后集体赞同：“千真万确，这是真理。”他们转向莫格利问询，他便点头眨眼表示赞同。莫格利只是在附和猴群的询问，他心里觉得，这些猴子一定早被丛林里的塔巴克咬伤或者抓伤过，塔巴克的疯病已经在猴群中蔓延了。莫格利被吵得头痛欲裂，心里想着各种脱困的念头。这时候他看到有一朵云飘了过来。

此时巴依拉和卡奥也在观察这朵云，他们知道猴子聚集的时候不宜和他们开战，于是正在等待时机。

“我去西边。”卡奥轻声说，“我可以很快滑下来，他们不敢全部扑上来，但是——”

“我明白。”巴依拉说，“巴卢还没赶到，我们只能尽力了。一旦那朵云遮住了月亮，我就上那个平台去。”

“祝打猎顺利。”卡奥板着脸说，然后向西爬去。没一会儿，月亮被遮住了，莫格利正在盘算的时候，听见了巴依拉轻轻的脚步声，黑豹几乎是悄无声息地冲上了平台。猴子们此时正以莫格利为中心，团团围坐，足足围了五六十层。巴依拉为了节省时间，并没有去撕咬猴子，而是在猴群里左奔右突冲撞起来。猴子们开始嚎叫起来，突然一只猴子喊道："只有他一个！杀了他！杀了他！"猴子们便一拥而上，包围了巴依拉。还有几只猴子把莫格利拖到了夏宫倾塌的墙壁上，并把他推到了夏宫里面。若是一个人类养大的孩子，大概会摔伤，还好莫格利有巴卢教导，他稳稳地站住了。

"待在那儿，"猴子们喊道，"等我们杀掉豹子再来找你——如果你还没被毒蛇咬死的话。"

听到猴子们说的最后一句话，莫格利便觉得也许可以寻找外援，他想起了哈迪带自己去找小蛇学的密语。

"你我是血亲。"莫格利立刻用蛇语说道，周围垃圾里立刻传来各种咝咝声，莫格利又重复了一次。

"原来如此！全体收起头盖。"五六个声音低低传来，这是眼镜蛇族的地盘，"站着别动，孩子，你的脚会踩伤我们。"

莫格利竭力保持冷静站着不动，从破掉的窗户口看向外面，听到嘈杂的战斗声——猴子们又喊又打，还有巴依拉的咳嗽声，因为有太多猴子压住他，他拼命扭动摔打他们，他从未如此拼命过。

莫格利知道，只要巴依拉出现在这里，黑熊巴卢也一定在附近。巴依拉很少孤军奋战，当务之急是要先将他从猴群中解救出来。"巴依拉，去水池里！到水里去！"莫格利想了想，大喊起来。

这喊声也表明他安然无恙，巴依拉一听精神大振，杀出一条血路，向水池那里去。随后，在紧挨着丛林的那堵城墙上，终于响起巴卢轰隆隆的喊声。巴卢已经竭尽全力了，但还是没走到前面来。

“巴依拉，”他喊道，“我在这儿呢！这石头太滑了，你等着我啊！这群坏猴子！”他刚上平台，大喘着气，猴子们已经扑了上来，于是他直接蹲在地上，和猴子们挨个儿战斗起来，如同一支船桨在挥打水面。而巴依拉此时已经跳进了水池，躺在水底，只有脑袋露出来呼吸，大喘着气。猴子们在水池边密密麻麻地围住，试图等他出来的时候扑上来。

这时巴依拉用蛇语发出了呼叫——“你我是血亲”——他怀疑卡奥已经溜走了。巴卢虽然被猴子们压得喘不过气，听到巴依拉难得一见的呼救，也忍不住笑了起来。

此时卡奥刚爬上西墙，蜷缩身子又舒展开，反复了一两次，终于每一寸皮肤都被鳞甲完美覆盖，做好了捕猎准备。而猴子们此时一边和巴卢战斗，一边冲着巴依拉吼叫。蝙蝠盲哥飞来飞去，把战斗的消息四处传递，连野象哈迪也发出了吼声。一些零散的猴群从很远的地方赶过来援助，杀声震天。

这时卡奥动了，他宛如一道闪电，迫不及待地要展开捕猎。一条四五英尺长的蟒蛇打到人的胸口，足以让这个人直接翻在地上。而卡奥足有三十英尺，他直接从包围巴卢的猴群正中攻击进去，甚至不用再来第二下，猴子们已经喊着“卡奥来了！是卡奥！快跑！快跑！”四散奔逃而去。

对小猴子而言，晚上听卡奥的故事比什么教育都管用，他们只要听到卡奥的名字，就能一下子安静下来。卡奥能沿着树枝无声无息地

悄悄偷走猴子，哪怕最健壮的也逃不过。甚至卡奥还能把自己伪装成枯枝朽木，惟妙惟肖到连最聪明的猴子也看不出来，直到他们被抓住才会发现是卡奥。卡奥是所有猴子最害怕的东西，他们从不知道他到底有多厉害，因为没有一只猴子从他的怀里活着跑掉过。

巴卢这才松了一口气，他全身的厚毛在战斗中可太吃亏了。这时卡奥发出了一声长长的嗞声，那些赶来援助的猴子们立刻在原地发起抖来，墙上和水池边的猴子也不再喊叫，城堡里瞬间安静下来，莫格利听见巴依拉从水池里上来的声音和抖水的声音。然后猴子们四处逃窜的吵闹声爆发了出来，有的猴子攀到了更高的城墙上观望，有的则爬到了树枝上寻求庇佑。莫格利在夏宫里开心地蹦跳起来。

“把人孩放出来！”巴依拉大喘着气说，“咱们赶紧走，万一他们再来我可没办法。”

“你们放心好了，他们不敢动的，除非我同意。”卡奥发出嗞嗞声，城堡又一次安静了。

“我当时不在前面，不过兄弟，我想我听见了你的呼救。”他对巴依拉说。

“我——也许那是我在战斗里的呐喊……”巴依拉回答说，“巴卢，你有没有受伤？”

“我怀疑他们把我撕碎了。”巴卢严肃地说，一边伸展着四肢，“真疼啊。卡奥，你救了我们——巴依拉和我的命。”

“别客气。人孩现在在哪里？”

“我在这里，这个陷阱我出不去。”莫格利喊道。

“快带走他。他一直在乱蹦，会踩伤我们的幼仔的。”里面的眼镜蛇们说。

“哈哈！”卡奥轻声笑了起来，“到处都是他的朋友啊，这个人孩啊。往后站，人孩，你们毒蛇族也退后，我来把墙撞开。”

卡奥细细观察了一下，发现了一条裂缝，他估量好距离，然后竖立起来，向前使劲撞了五六下，裂缝处崩开了，墙倒了下去。莫格利跳出来扑向巴卢和巴依拉，一左一右搂住他们的脖子。

“你有没有受伤？”巴卢轻轻地抱着他说。

“我很饿，但是没有受伤。可是你们都被他们弄伤了。”

“他们也一样。”巴依拉看着周围的猴子们说。

“没关系没关系，我最喜欢的小青蛙，你平安就好呀！”巴卢说。

“这些后面再说。”巴依拉的声音十分干涩，“你先来见见卡奥，没有他我们不能战胜猴族，也不能救出你。按丛林法则感谢他吧，莫格利。”

莫格利转过身，看见大蟒蛇正摇晃着脑袋。

“原来人孩是这样。”卡奥说，“你看起来有点儿像猴子。当心点儿，人孩，别在我蜕皮后的黄昏来找我，不然我或许会把你错当成一只猴子。”

“你我是血亲。”莫格利答道，“今天晚上我的命是你救下来的，日后当你饿了，我杀的猎物都是你的，卡奥。”

“非常感谢。”卡奥说，“不过你这么莽撞的猎手能杀掉什么猎物吗？下次再外出的时候让我跟着你吧。”

“我什么猎物都不能杀掉——我太小了——可是我可以将山羊驱赶给猎手。当你肚子饿的时候就来找我，看看我能不能做到。我还有一点儿别的本领，如果你掉进了陷阱，我就可以还掉我们欠你的情了。祝大家打猎顺利，我的老师们。”

“很好。”巴卢夸奖道，莫格利非常恰当地表示了感激之情。卡奥把头在莫格利的肩上放了一会儿。“胆大又嘴甜。”他说，“总有一天你会被带走的，人孩。不过现在还是先和你的朋友们回去睡觉吧。之后的事你不需要看见了。”

月亮开始落下了，颤抖着的猴子们挨着挤在城墙上，卡奥轻轻地滑到了平台中间，咔嗒一声合上了嘴巴。猴子们惊恐地看向他。

“月亮开始落了，”他说，“还看得见吗？”

墙上传来猴子的回答：“我们能看见，卡奥。”

“很好。我要开始跳饿舞了——‘卡奥的狩猎舞’。你们安静地坐着吧。”蟒蛇开始把脑袋穿插着绕进身体，然后将身体一会儿绕成圆圈，一会儿绕成“8”字，还有三角形、四边形、五边形，最后又盘成了一团。卡奥不停地低声哼唱着，既不休息，也不匆忙，更不停止他哼着的歌声。天色越来越暗，直到猴子们再也看不见他的身体，但是仍能听见鳞片在地上摩擦的沙沙声响。

巴卢和巴依拉一动不动，喉咙里发出低低的吼声，鬃毛竖了起来，而莫格利却饶有兴味地看着，觉得十分有趣。

“猴子，”卡奥终于又说话了，“我不下令，你们能动吗？”

“你不下令，我们的手脚都动不了，卡奥。”

“很好！全体向我朝前一步。”

猴子们的队伍迫不得已地向前移动了一下，巴卢和巴依拉也跟着移动了一步。

“再一步！”卡奥说，于是全体又向前了一步。

莫格利两手分别抓住巴卢和巴依拉，两只野兽如梦初醒，“天哪！快用手抓住我的肩膀，”巴依拉轻声说，“不然我也要走到卡奥那儿去了。”

“老卡奥不就是在地上转圈吗？”莫格利说，“走吧。”于是他们三个从城墙的裂口处离开，回去丛林了。

“呜！”巴卢站在树木下发着抖，“我再也不和卡奥结盟了。”

“他什么都明白，”巴依拉也在打哆嗦，“我要是再在那儿待一会儿，我也会走到他的嘴里去了。”

“月亮再次升起之前，会有很多动物走上这条路的，”巴卢说，“他会好好捕猎的——按照自己的方式。”

“我不明白这是在干什么。”莫格利说，他感受不到蟒蛇的威慑，“我就看到一条大蟒蛇不停地转圈，直到天黑。他的鼻子应该还在疼。”

“莫格利！”巴依拉很生气，“他的鼻子疼是为了救你，就像我的耳朵、腹肋、爪子也疼，巴卢的脖子和肩膀疼，都因为你，接下来很多天我们都没办法好好捕猎了。”

“这也没什么。”巴卢说，“我们还拥有人孩就好。”

“话是没错，可是我们本可以好好捕猎，却因为他受了伤，我背上起码被拔了一半的毛。更糟糕的是伤了尊严。你记住，我黑豹被迫向卡奥求救，我和巴卢都被他的饿舞镇住，这些都是因为你，莫格利。这一切都是因为你和猴子交往带来的。”

“是的，没错。”莫格利难过地说，“我是个坏孩子。”

“巴卢，丛林法则规定要怎么惩罚？”

巴卢不想惩罚莫格利，可是他又不能不遵守法则，只能嘟嘟囔囔地说：“悲伤决不能阻止惩罚。不过巴依拉，他还小。”

“我知道，但是他犯错了就得挨打。莫格利，你还有什么想说？”

“没有，我错了。我害巴卢和你都受了伤。我该打。”

巴依拉心疼地轻轻打了他五六下。从黑豹的角度来看这只是轻拍，但对一个七岁的孩子来说,也足够厉害了。打完之后,莫格利站了起来，没有抱怨一句。

“喂，”巴依拉说，“现在到我的背上来，我带你回家。”

丛林法则有意思的地方就是——惩罚过后再也不找碴儿。

莫格利伏在巴依拉的背上睡着了，当他被送回狼窝，放到狼妈妈的身边时也没有醒。

莫格利今天实在太累了，如果他没有被那群猴子掳走的话，他也许还能在日落之前去找一些蜂蜜填饱肚子，这样就不用饿着肚子睡觉了。

进入梦乡的莫格利已经不觉得饥饿了，因为他已经在梦里找到了甜甜的蜂蜜。梦中他正在沿着高耸的树干攀爬，树冠上的蜂蜜金黄剔透，已经快要从蜂巢里落下来了。莫格利可不想让那些蜂蜜滴在身上，那样会引来许多蜜蜂的围攻，他快速地向上攀爬着，当快接近蜂巢时，莫格利却停下了。

他看见了比蜂蜜更诱人的景象。树叶将天空割裂成了蓝色的碎片，透过那些碎片看去，他再一次看见了白天那连绵寂静的丛林，在山林间有星星点点的人类房屋。一阵风从树梢中间穿过，树叶就将山林遮起来，又显现出来，莫格利似乎第一次好好看着这片生长的丛林。他迫不及待想拉着树上的藤蔓在林间跳跃，走遍这片丛林的每一寸土地。

这时莫格利的耳边响起了狼妈妈的声音："我多希望我的青蛙莫格利就像现在这样，一直安睡在我的身边。"

梦中的莫格利向丛林周围看了看，并没有发现狼妈妈的身影。他的眼前不再是丛林，而是一块飘动的绿色帘布，他感到身边暖暖的，自己似乎正蜷缩在人类婴儿的摇篮里，摇篮旁是一株人们在夜晚种植的红花。

狼妈妈用身体将莫格利围住，并舔了舔莫格利的脸颊。丛林中的夜晚寒冷，有无数个夜晚，狼妈妈都曾这样将莫格利围在怀中，狼妈妈将头放在了莫格利柔软的头发上，也渐渐睡去了。

山洞内是莫格利均匀的呼吸声，山洞外的月亮已经落下，丛林间渐渐腾起了轻柔的白雾，一直弥漫到丛林边际，天边泛着耀眼的白光，一轮橘红色的太阳正准备再次光顾这片丛林。

恐惧的由来

丛林法则——可以说是世界上最古老的法则——它使丛林居民有可能遇到的所有事件几乎都有法可循。我们知道，莫格利曾有很长一段时间生活在西里山狼群，棕熊巴卢教给他丛林法则。他对这些复杂的规定十分不耐烦，但是巴卢告诉他："法则对每个丛林居民都不能例外。当你像我一样老的时候，孩子，你可能会看到丛林居民一同遵守法则是什么样子。那应该不是什么美好的景象。"

当然对莫格利而言这些话也是左耳进右耳出，他只想吃了睡、睡了吃，别的什么都不担心，除非事情已经火烧眉毛。然而有一年，巴卢的话被证实了，莫格利见证了整个丛林遵守法则的样子。

故事要从那年冬天说起，雨季已经来了，但是几乎没有下过雨。莫格利在竹林里看到了豪猪伊奇，伊奇告诉他野薯快干死了。众所周知，伊奇是很挑食的，于是莫格利笑着说："这和我有什么关系？"

"现在还好，"伊奇说，一边抖着浑身毛刺，"不过往后就知道了。你现在还去蜂岩下面的池塘跳水吗，小兄弟？"

"没有。那破水塘快干了，我跳下去得撞破头。"莫格利说，那会儿他以为自己比丛林居民懂得多多了。

"那你该试试的，吃亏是福嘛。"伊奇打趣道。莫格利对巴卢说了伊奇的话，巴卢听了一边思考一边自言自语：“要是只有我自己，我就会趁别人还没注意就换猎场了。但是现在并不只有我自己，如果换了有可能会和别的地方的居民起冲突，人孩容易受伤。只能等等看毛花是怎样开花的了。”

到了春天，巴卢特别喜欢的毛花树竟然没有开花，花骨朵儿直接旱死了。那股不被遏制的热力随后一点点弥漫了丛林。丛林从绿色变成了黄色，褐色，最后成了黑色。河谷两岸的常青植物已经全部烧死，水塘凹陷干涸，爬山虎从它依附的树木上掉下，枯死了；苔藓干燥到从岩石上剥落下来，岩石光秃秃的。

飞鸟和猴子开年就去了北方，他们清楚接下来会发生什么。野鹿和野猪去了村里，然而连田地都荒了，他们有的再也没能回来。只有老鹰奇儿被死尸滋养反而长胖了。

此前莫格利从来没有挨过饿，而现在他能吃的也只有废弃蜂房里挖出来的三年前的蜂蜜了。由于太干，这些蜂蜜已经变成了黑色的粉末。丛林居民现在大部分已经饿得只剩皮包骨了，巴依拉一晚上猎捕三次也吃不饱一顿。但最可怕的并不是吃不饱，而是没有水，虽然丛林居民们喝水不勤，但是喝水的时候一定是喝到饱为止。

酷暑持续着，最后连翁因贡甲河的主干流都变成了涓涓细流，河岸正中露出了一条窄窄的蓝色岩石，足有一百多岁的野象哈迪知道那就是“和平岩”，于是他和五十年前他父亲做过的一样，举起鼻子宣布开始履行“水约”。野鹿、野猪和野水牛们用沙哑的呼叫接续着传递这个消息，老鹰奇儿负责把这个警告传达出去。

根据丛林法则,“水约”一旦开始履行,在饮水区捕猎就要被处死。在猎物减少的情况下，丛林居民们也会争夺起来，然而饮水大于吃食，因此在只有唯一水源的时候，丛林居民们在饮水区必须停止捕猎。平日里风调雨顺，水源充足的时候，去翁因贡甲河或者其他水源地饮水的居民会冒着被捕食的生命危险，但是这种生命危险是丛林夜生活的一部分。冒着被巴依拉或者希尔汗随时扑上来的危险，灵活安静地下到河边，在浅水处喝水，并做好一有响动就跳开的准备，喝饱了以后回到伙伴中间,是小雄鹿们的生活乐趣。而现在这种乐趣不被允许了，所有丛林居民都又饿又累，没有多余的力气找乐子了。

野鹿和野猪一整天都在找寻食物，但也只有干枯的树皮树叶。野水牛没有了解暑的泥塘，也没有能吃的庄稼了。蛇族下到河道里寻找青蛙，河里的乌龟早被巴依拉吃光了，只剩下和平岩在水里安静地横卧。

莫格利晚上也在这里歇凉。他没有毛，于是显得更瘦更可怜，连他的敌人都不想攻击他了。他的长发被烈阳晒成了亚麻色，肋骨支棱突出，四肢干瘦得像稻草秆。但是在厚重头发下的那一双眼睛仍然冷静。因为巴依拉教导他,越是这种艰难时期,他越要沉住气,不慌不忙、不紧不慢，不能随意发脾气。

“这是一个糟糕的时候。”巴依拉说，“但是都会过去的，只要我们能活下去。你现在吃饱了吗，人孩？”

“我肚子倒是不饿。巴依拉，雨季再也不会来了吗？”

“我不这么想。雨季会再来的，毛花会再开放，草会再长出来，小鹿也会吃得白白胖胖。我们现在去和平岩打听一下消息吧，人孩，骑到我背上来吧。”

“你现在需要保存体力，我不需要你驮我，我可以自己走。我们两个现在就像干瘦的小公牛。”巴依拉听到莫格利的话，有些心疼地看了看莫格利那瘦得凸出的两肋，最近莫格利都是靠着吃蛴螬生活，旱季确实很磨炼大家的生存意志。于是他们两个一起穿过枯枝败叶，向河岸边走去。

“这水看起来也熬不了多久了。”巴卢和他们汇合说，“你们看对岸。”

对岸原来的丛林草原已经旱死了大半，没死的也干枯得差不多了。草丛里分布着一条条通向河边的小道，都被野鹿野猪踩成了干巴巴的沟渠。虽然天色还亮着，但是每一条道路上都挤满了赶去喝水的动物们，甚至能听到母鹿和小鹿在蹄子扬起的尘灰里咳嗽的声音。

和平岩所在的上游，站着“水约”的督察员——野象哈迪和他的儿子们。月光洒下来，他们看着瘦多了。下面拥挤的队伍由野鹿领头，然后是野猪野牛。对面绵延到水边的树林，是专门给肉食动物——老虎、狼、黑豹、熊划出的区域。

“现在真的都遵守同一个法则了。”巴依拉说着蹚进了水里，看着对面一排排尖角，是野鹿和野猪在互相推挤。“祝打猎顺利，你我都是血亲。”巴依拉又说了一声，躺了下来，“要不是那条法则，我就可以好好捕猎了。”他轻声说。

尖耳朵的野鹿只听见了巴依拉后面那句话，于是队伍骚动起来：

“水约！记住水约！”

“安静，安静！”野象哈迪说，“记住遵守水约，巴依拉。现在别提捕猎。”

“没有谁比我更遵守了。”巴依拉转动着他的眼珠，“我现在可是吃乌龟青蛙，要是我啃树枝也能长胖就好了！”

“我们巴不得这样。”一只小鹿说道，他春天刚出生，一点儿也欢喜不起来。虽然大家都觉得日子糟透了，但是连哈迪都忍不住小声笑了。莫格利躺在温水里也大声笑了起来。

“说得挺好，嫩角小兄弟。”巴依拉说，“等水约结束我会记得这话的。到时候我会好好款待你的。”他在黑暗中仔细观察着，一心想要记住这只幼鹿。

话语声渐渐蔓延开来，一直到饮水区，能听到野猪要求占更多地方而发出的哼哼声，野水牛蹒跚的脚步声，野鹿讲述他们长途跋涉寻找食物的悲惨故事。他们也偶尔问对面肉食动物一些问题，但是没有任何好消息。热辣辣的风从丛林里吹出来，把枯枝败叶和灰尘一起吹到水面上。

“人也死了,在田地里。”一只成年鹿说,“一个傍晚我看见了三个，动也不动地躺着，牛也和他们一样。没多久我们也会这样。”

“河水比昨晚更低了。”巴卢说，“哈迪你遇到过这么严重的旱季吗？”

“会过去的，会过去的。”哈迪一边给自己喷水一边说。

“但是我们这里有一个怕是忍不了那么久。”巴卢说，他看向自己心爱的小家伙。

“我？”莫格利生气地坐起来，“我的确没有皮毛，但是如果巴卢，你剥掉皮——”

巴卢严厉地说：“人孩，这不是你跟老师说话的样子。”

“我不是那个意思，巴卢，但是你像是有壳的椰子，而我是被剥掉了壳的椰子。”莫格利坐在水里，两只手比划着解释，巴依拉一掌把他拉下去躺着。

“不像话。”黑豹说，“一开始吓唬巴卢要剥皮，现在又说他是个椰子。你知道成熟的椰子会怎样吗？”

“会怎样？”莫格利茫然地说。

“砸破你的头。”巴依拉说。

“取笑老师不是好行为，人孩。”棕熊说。

“太糟糕了！所以你们打算如何？就让这光身子的人类嘲笑优秀的猎手，甚至拔你们的胡子寻开心？”原来是瘸老虎希尔汗，他跛着脚走下了水，停在那里感受他给野鹿群带来的骚动，然后舔起水来：“丛林现在变成幼崽们的育儿所了。看着我，人孩！”

莫格利用他最傲慢的目光盯着希尔汗，没一会儿就让他转过了头。他一边喝水一边瓮声瓮气地说：“人孩，他不是人也不是兽，要不怎么能不怕我呢？难道下次我还得求着他同意才能喝口水吗？”

“很有可能。”巴依拉死死看着他，“呸，希尔汗！你又干了什么事儿？”

瘸老虎的嘴巴埋在水里，有黑色的东西从他的嘴巴里漂出来流向下游。“人！”希尔汗冷漠地说，“一个小时前杀的。”他呜呜地叫着。

一排排的野兽骚动起来，耳语着然后变成了喊叫：“人！人！他杀人了！”大家都看着野象哈迪，但是哈迪好像没有听见一样。哈迪行事一向沉得住气，所以他能如此长寿。

“这种季节里还敢杀人！你没有别的猎物可找了吗？”巴依拉不屑地说，同时从已经被污染的水里立起身来。

“我捕杀是自我选择，不是为了吃食。”骚动和耳语更厉害了，哈迪瞪着希尔汗。

希尔汗毫不在意：“我现在来喝水和洗干净自己，谁想阻止我吗？”

巴依拉已经摆出了攻击的姿态，但是哈迪举起了长鼻子问：“你捕杀是出于自我选择？”

“是的。我有‘专夜’权。您很清楚，哈迪。”希尔汗用一种礼貌的口气回答。

“是的，我清楚。”一阵沉默后，哈迪问道：“你喝够了吗？”

“今晚够了。”

“那你走吧。这条河水是用来饮用的，尤其是在这个时节。人和丛林居民在一起受罪，却只有你这跛脚老虎玷污了它，还借此炫耀起自己的权利来了。滚回你的窝去，希尔汗！”

哈迪的最后一句话响亮得像喇叭，他的三个儿子向前迈了半步。希尔汗悄无声息地溜走了，毕竟谁都知道——无论如何，哈迪才是丛林之主。

“希尔汗说的‘专夜’权是什么？”莫格利向巴依拉耳语着，“法则上说，杀人永远是可耻的。可是哈迪——”

“我也不知道，小兄弟。你问问。要不是哈迪不肯，我一定要教训一下那瘸腿老虎。杀了人还来和平岩炫耀，玷污了仅剩的好水。”

莫格利酝酿了一下勇气，才喊道：“希尔汗说的权利是什么呀，哈迪？”声音在两岸回响，所有的丛林居民都很好奇，但只有巴卢显得思虑重重。

“这是一个古老的传说，”哈迪说，“比丛林还要古老。安静，我要讲一讲这个传说。”

野猪和野牛还在推搡，各个族群的首领开始等得不耐烦，于是将目光齐齐聚焦到了野猪和野牛身上，见他们没再吵闹，各个首领都向哈迪投去了热切的目光，只见哈迪走到和平岩旁边的水塘里。尽管现在他身体干瘦，皮皱牙黄，却依然不失作为丛林主人的那副气派。

“孩子们都知道，”他开始说，“所有的生物里最可怕的是人。”

“看来传说与你有关，小兄弟。”巴依拉对莫格利说。

“我？我是狼群的猎手，”莫格利回答说，“我和人有什么关系？”

“可是你们并不知道缘由。”哈迪继续说，“那是在刚有丛林的时候，那时候丛林居民走在一起，互相并不害怕。那时候，树上有树叶和花果，我们只吃树叶和花果，草和树皮。”

“还好我不是生在那个时候。”巴依拉说，“树皮只能磨爪子。”

“当时的丛林之主是始祖象萨阿。传说他用鼻子从深水里拉出了丛林，然后用牙在地上划出了河，用脚踹出了水塘。传说里，萨阿创造了丛林。”

“那时的传说中说不定还有油菜花。”巴依拉对着莫格利说着悄悄话。哈迪装作没听见，接着说：“那时候没有玉米、甜瓜，没有胡椒、甘蔗，丛林居民一起在丛林中生活，大家都是一个民族。但是没多久，他们开始因为食物吵架，其实牧场足够，但是大家都不愿意迁移，只想躺在哪儿就吃在哪儿。始祖象萨阿忙着创造别的新丛林，没有办法管理所有的地方，于是他委任始祖虎作为丛林的主人和法官，如果丛林居民发生争执，就去找始祖虎解决。始祖虎那时吃的也是花果树叶，他长得很漂亮，有着金黄色的皮毛，就像丛林中的黄花那样。那时候他的毛皮上还没有条纹，所有丛林居民在他面前也不害怕。那时他的话就是丛林法则。”

“但是有个晚上，两只雄鹿之间起了争执——为了牧草。他俩在找始祖虎解决的时候，一只雄鹿用角推搡了始祖虎一下，始祖虎忘记了自己的职责，扑向雄鹿，并咬断了他的脖子。”

“在那之前，丛林居民没有发生过死亡。始祖虎发现自己闯了祸，跑去了北国大泽。剩下的丛林居民没有管理者，开始内乱。骚乱传到了萨阿那里，他回来看到了草丛里死去的雄鹿，问是谁杀的，丛林居民都不知道，只知道乱跑乱跳。然后萨阿下令让树木藤蔓标明凶手的特征，以便找寻。接着萨阿说：‘现在谁愿意当丛林的主人？’话音刚落，灰猿跳了起来说：‘我愿意。’萨阿一听大笑起来，说：‘那就这样吧。’然后气冲冲地走了。”

“孩子们，灰猿你们都知道。他从来没变过，一开始还装着很顺从，没多久就开始抓耳挠腮，上蹿下跳。等到萨阿回来，发现灰猿倒挂在树上和丛林居民互相嘲弄，丛林里毫无章法，只有笑话。”

“后来萨阿又一次召集了所有人：‘你们的第一个主人给丛林带来了死亡，第二个主人带来了耻辱。而现在必须得有一个新的主人来管理你们，那就是恐惧，如果你们发现了，那他就是你们的主人，你们必须服从他。’然后丛林居民便问：‘什么是恐惧啊？’萨阿说：‘你们找一找就知道了。’于是大家开始寻找，过了不久，野牛——”

“啊呵。”野牛首领弥萨叫了一声。

“对，弥萨，就是野牛。他们带来一个消息，说在丛林的一个洞里找到了名为‘恐惧’的物种，他没有毛，用后腿走路。丛林居民便跟着野牛群到了那里，就如同野牛说的一样，洞口站着一个没有毛，用后腿走路的‘恐惧’。他看见我们便喊叫起来，那声音让丛林居民心里充满了恐惧，就像现在感觉到的一样，于是大家害怕地跑开了。那天夜里开始，丛林居民们再也没有在一起躺着，而是各个部落分散地聚在一起，各自发抖。”

“除了始祖虎。他仍然躲在北国大泽，后来他听说了这件事，便吵着要去找到‘恐惧’,咬断‘恐惧’的脖子。于是他跑去了那个洞口，而沿途的树木和藤蔓还在遵照着萨阿的命令，在路上丢下他们的枝条，标出了记号。于是始祖虎的黄皮上出现了许多记号和条纹，后来也传给了他的子孙后代，直到今天。当他跑到洞口时，‘恐惧’伸出一只手叫他‘夜里来的条纹鬼’，始祖虎害怕不已，嚎叫着又跑回了北国大泽。”

听到这里，莫格利轻轻地笑起来。

“萨阿听见他的叫声，便问他害怕什么？始祖虎望着天空说道：‘萨阿呀，把我的权利还给我，我从没毛的家伙那里逃走了，还被他取了一个外号，我在整个丛林面前丢脸了。’‘那是为什么呢？’萨阿说。‘因为我身上全是泥。’始祖虎说。‘如果是泥，你去游个泳，打打滚儿就会掉的。’萨阿说。始祖虎便去了，但是无论怎么打滚，他的条纹都没有改变。萨阿看着他大笑起来。始祖虎说道：‘我为什么会遇到这样的事？’萨阿说：‘你杀了雄鹿，让死亡出现在丛林里，恐惧随着死亡而来，现在丛林居民互相害怕，就像你害怕没毛的家伙一样。’始祖虎说：‘他们不可能害怕我的，我们一开始就认识。’萨阿说：‘去看看吧。’始祖虎便向野鹿、野猪、野牛和丛林的全体居民跑去，并呼叫他们，他们却远远躲开，因为他们害怕他。”

“始祖虎回来的时候，自尊心受到了极大打击，他胡乱撞着头，四肢乱刨。他说道：‘可是我曾经是丛林的主人，萨阿，让孩子们记住我，丛林曾经是没有耻辱，没有恐惧的！’萨阿说：‘我可以答应你，因为你跟我都是丛林创造的见证者。对于你和你的子孙后代，以后每年会有一个晚上，丛林就像那头公鹿被杀死以前一样。如果在那个夜晚，你遇见了那没毛的家伙——他的名字叫“人”——你不会害怕他，他却会害怕你，就仿佛你仍然是丛林的法官和主人。在他害怕你的时候，请饶恕他，因为你已经知道恐惧是什么了。’”

“始祖虎回答说：‘我同意。’但是当他喝水时看到自己身上的条纹，他就想起来那个外号，于是愤怒不已。他在沼泽里住了一年，等着萨阿履行他的诺言。某个金星隐没的夜晚，他知道是他的‘专夜’了，于是他再一次去见那个没毛的家伙。如萨阿承诺的那样，那没毛的家伙倒在他面前，始祖虎开始攻击，把他杀死了，他认为自己已经杀死了恐惧。然后他听见萨阿过来的声音。”

雷声轰隆隆响着，但是没有下雨，只有闪电劈过。哈迪接着说：“那声音说：‘这就是你的饶恕吗？’始祖虎一边舔嘴唇一边说：‘有什么关系？我已经杀死恐惧了。’萨阿说：‘无知又莽撞的你啊，你教会了人类如何捕杀，从此死亡的阴影将一直跟随着你。’”

“始祖虎呆住了，他对着自己杀死的猎物僵立了片刻，说：‘他和那只雄鹿的下场一样，恐惧消失了，我又可以当丛林居民的主人了。’”

“萨阿回答：‘丛林居民不会来了。从此以后他们永远避开你走的路，不会跟随你，不会吃你附近的草，不会在你的地盘睡觉。只有恐惧一直跟随你，并且用各种方式对付你。你没有饶恕他，他也不会饶恕你。’”

“始祖虎想到他的‘专夜’，说：‘你已经承诺了的‘专夜’不会取消吧？’萨阿说：‘我承诺过的仍然有效，但是你会付出极大的代价。你教会了人捕猎，他学得很快。’”

“始祖虎说：‘他已经死在我的脚下了，我会让丛林都知道，我已经杀死了恐惧。’”

“萨阿笑了：‘你只杀死了一个，恐惧还有千千万万，不过你可以自己向丛林宣告，但是你今年的‘专夜’已经结束了。’”

“天亮了，洞口又出来一个没毛的家伙，他看到了被杀死的人，还有踩着人的始祖虎，于是他拿起了一根尖头棍子——”

“尖头的棍子，就像他们放在陷阱里的一样。”哈迪说，“他一扔，棍子深深地扎进了始祖虎的肚子。始祖虎嚎叫着，直到拔出了棍子为止。于是丛林居民都知道‘恐惧’会在远处袭击，他们更害怕了。这样，始祖虎教会了没毛的家伙捕猎——那些没毛的家伙创造了套索，可以轻松套住我们的脚踝，丛林中都是他们捕猎所设的陷阱，他们还会随身携带从一根管子里面喷出白烟和石头的武器（人类创造的枪支弹药），他们还会在深夜种养会发光发热的红花，你们明白，这对我们丛林居民的危害有多大。不过一年里总有那么一个夜晚，没毛的家伙会害怕老虎。这是萨阿的许诺。老虎不管在哪儿看到没毛的家伙，都会杀死他。而恐惧无论何时都在丛林里游荡。”

“而只有一种更大的恐惧出现，就如同现在，丛林居民才能暂时搁置自己的小恐惧，聚集在一起。”

“人只在某一天晚上怕老虎吗？”莫格利说。

“是的。”哈迪说。

“可是我们都知道希尔汗一个月会杀两三次人。”

“是的。但那是因为他从后面攻击，还要避开人的眼睛。否则他就会跑掉。但是‘专夜’的时候，他可以大摇大摆进村去，人会扑在地上，他便当场把那人杀掉，但只能杀一个。”

“这样。”莫格利打了个滚，“怪不得希尔汗叫我看着他！但是我不是人，我是自由兽民，所以我不会扑倒在他的脚下，他也占不到什么便宜。”

“嗯！”巴依拉说，“老虎生来就知道他的‘专夜’吗？”

“在金星隐没之前从不知道。这一夜有时出现在旱季，有时出现在雨季。然而对始祖虎来说，这一切本来不会发生，我们本来可以不懂恐惧。”

巴依拉笑得不怀好意：“人类知道这个传说吗？”

“除了老虎和我们大象——萨阿的子孙外，谁都不知道。不过现在你们也知道了。”

哈迪把鼻子浸到水里，表示他不想再说话了。

“可是——可是，”莫格利转向巴卢问，“为什么始祖虎就不能继续吃植物了呢？他只是咬断了雄鹿的脖子，而没有吃掉他啊。他为什么开始吃肉了呢？”

“因为树和藤蔓让他长出了条纹，他恨他们，就不会再吃树叶花果。所以他开始吃野鹿野牛和别的草食动物了。”巴卢说。

“看来你之前就知道这个传说了。那你为什么没有告诉过我。”

“丛林里的传说太多了，我一开始讲恐怕就停不下来了。”

巴卢并没有继续说下去，丛林里每天都有新的故事，那些古老的传说哪里会有新故事传播得快呢？

巴依拉说：“如果人类知道这个传说，你猜他们会怎么做？”

巴卢说：“我想这样的话，今后所有的丛林里都不会再出现老虎了。”

莫格利一脸疑惑地问：“为什么？”

巴卢说：“因为死亡，人们惧怕死亡。当他们知道自己随时有一天会被老虎拉入死亡的深渊时，他们也许会团结在一起，想尽办法消灭这种威胁。这也是大家害怕人的原因，你知道，他们就像你一样聪明。”

“虽然我想让希尔汗从这个丛林里消失，但我可不是因为惧怕他会带来死亡，而且我从来不无缘无故针对丛林居民。”莫格利有些不满。

巴卢用大爪子拍了拍莫格利的肩头，转头看了一眼巴依拉，并和他一起大笑了起来。巴卢说：“我们都知道，你是勇敢的莫格利。”

大概五天后，丛林里刮起了大风，大风把黄沙吹得漫天飞舞。天上的乌云开始聚集，春天里的第一场甘霖终于要落在这片丛林的土地上了。丛林居民们都为此感到高兴，他们跑到河谷两岸，等待着这场雨的到来，“水约”将在这场大雨后暂时被丛林居民抛之脑后，他们将恢复到之前的生活。

大雨终于“噼噼啪啪”落进了河道里，落在了枯枝和苔藓上，丛林里的所有绿植将从大雨中活过来，包括巴卢喜欢的毛花树。

“老虎！老虎！”

现在我们接着第一个故事讲下去。

当莫格利在会议岩上收拾了狼群后，就离开了西里山，他没有停留在山下的村庄里，因为这里离丛林太近了，他很清楚自己现在不止一个仇人。于是他继续急急忙忙赶路，顺着山谷下那条蜿蜒的大路一口气走了快二十英里，最后停留在一个他从未到过的地方。山谷铺展成一片平原，远处有一个小村庄。村庄边上有茂密的丛林和一片巨大的牧场。牧场上满是黄牛和水牛，正在吃草。还有几个放牛娃，他们看见了莫格利，惊叫着跑开了，连带着周围的野狗也狂吠起来。莫格利继续走着，他已经很饿了。当他走到村庄门口时，看到了自己曾见过的用来挡野兽的刺蓬。

“看来这里的人也怕野兽。”他就地坐下，直到有人出来，他指了指自己的嘴巴，示意他想吃东西。那人盯了他一会儿，飞快地原路跑了回去，嘴里大叫着“祭司”。祭司是一个高大的胖男人，穿着白袍，额头上点着朱红色的印记。在他后面跟着一百多人，看到莫格利，他们开始指指点点，交头接耳。

“这些人真不懂礼貌，”莫格利心想，“简直和猴子没两样。”

“没什么好怕的。”祭司说，“你们看他身上那些伤痕，都是狼咬的。

他应该是丛林里逃出来的狼孩。”

其实那些白色的疤痕都是莫格利和狼崽们玩儿的时候，被他们用嘴叼住而产生的。但是对莫格利而言这不是咬，真正的咬可不是这样。

“天哪！天哪！”几个女人惊叹着，“被狼咬的，可怜的孩子。他挺好看的，双眼像火焰一样。我发誓，梅苏阿，他像是你那个被老虎叼走的儿子。”

“我看看。”一个手腕和脚腕上都戴着铜镯的女人说。她仔细看着莫格利。“还真的有点儿像，就是太瘦了。”

祭司很聪明，他知道梅苏阿的丈夫是全村最有钱的人，于是他装模作样看了一会儿天空，然后严肃宣告：“丛林带走的，又从丛林回来了。带他回去吧，大嫂。”

莫格利看着一切若有所思：“他们的讨论很像是狼群的考察仪式，这次我似乎只能变成人了。”

于是莫格利跟着那个女人去她的屋里了。屋子里有床，装粮食的箱子，有几个铜锅。还供奉着一尊印度神像。墙上有一面镜子。女人给了他许多牛奶和面包，看着他的眼睛，她忍不住猜想，或许他真的是她被老虎叼走的那个孩子——她的亲生儿子。她喊着他的名字说：“纳特，纳特。”然而莫格利毫无反应。“你还记得那天我给你穿了双新鞋吗？”她摸摸他的脚，全是坚硬的茧皮。“你不是纳特。”她伤心地说，“这是没有穿过鞋的脚，可是你和纳特很像，给我当儿子吧。”

莫格利浑身不适，他从未在屋子里生活过，他抬头看向茅草铺成的屋顶，若有所思。森林里的居民从来不需要搭建房屋，就更不会有屋顶了，这里看起来就像一个将人紧紧包围的陷阱，如果待会儿需要逃走，那就只能掀开屋顶的茅草了。屋子的一侧有个四四方方的木框子，人们好像叫它“窗户”，那没扣上锁的窗户应该也可以作为逃跑的通道。“假如我听不懂人话，做人有什么意义呢？”他心里嘀咕，“我现在就是个哑巴，看来我必须学他们说话了。”

莫格利在西里山狼群里的时候，学过丛林里各种野兽的叫声，惟妙惟肖。现在只要梅苏阿说一个字，他就跟着说，不到天黑，他已经学会不少东西的名字了。

到睡觉的时候，莫格利不肯在像陷阱一样的小屋里睡，等他们一关门，他就从窗户跳了出去。“随他去吧。”梅苏阿的丈夫说，“要知道，他从来没在床上睡过觉。如果他真是上天派来代替我们儿子的，那他一定不会跑掉的。”

莫格利找了屋旁一片干净的草地，正准备躺下入睡，一个柔软的鼻子在他的下巴上拱了拱。

“哟！”灰大哥说（这是狼妈妈的孩子中的老大），“你身上都是人的烟味儿和牛的味道，你已经像个人了，兄弟。醒醒，我给你带了消息来。”

“大家都还好吗？”莫格利一把抱住他。

“除了那些被红花烧伤的，都挺好。现在听我说，希尔汗已经换了猎场，他的毛被烧焦得很厉害，应该要等长出新毛才会回来。他发誓说等他回来，一定会把你的骨头扔到翁因贡甲河里。”

“那可不好说，我也有发誓呢。不过有消息就好。现在我想睡了，灰大哥，要常常给我送消息来啊。”

“你不会因为做了人就忘记自己是一只狼吧？”灰大哥十分忧虑。

“永远都不会。我永远会记得我爱你，爱我们全家；不过我也会记得，我已经被狼群赶走了。”

“可是也许人也会把你赶走，兄弟。人的话就和蛙鸣一样。下次我下山就在牧场边那个竹林等你。”

从这一夜开始后的三个月里，莫格利几乎一直在村子里。他忙着学习怎么做个人类。首先他要习惯身上缠着布；其次，他要学习钱的概念，他对此一窍不通；他还学习了耕种，虽然不明白有什么用。村子里的小孩总让他生气，因为他不懂游戏，也不会放风筝，说话发音也很奇怪，于是他们总是嘲笑他。还好丛林法则教会了他忍耐，他才没有攻击他们。

莫格利对自己的力气毫无概念，因为在丛林里他这点儿力气不值一提，但是在村里，人人都说他力大无穷。

他更无法理解的是种姓制度。有一次他把陶工的驴从泥坑里拉了出来，并帮陶工放好了陶罐。村里人大为吃惊，因为陶工是个贱民，更何况那头驴。当祭司指责莫格利，并威胁要把他扔到驴背上时，他毫不畏惧。于是祭司让梅苏阿的丈夫早点儿打发莫格利去干活。村长让莫格利第二天去放牧，莫格利一听十分高兴，因为这代表他即将成为一个劳动人。这天夜里他便去参加了村里的聚会，这是一个乡村俱乐部的聚会，每天晚上都在村里一棵大无花果树下的台子上举行。参加的人有村长、守夜人、知道各种小道消息的剃头师傅还有老猎人卜尔达，他们抽着大水烟高谈阔论。树上有猴子们在嘟囔，台下的洞里有一条眼镜蛇，他们把他当成神物，每天给他送一盘牛奶。老头儿们讲着一些神话传说和人类的传奇故事。卜尔达则常常讲述一些关于丛林野兽的传说故事，每当这时，坐在圈外的小孩们都瞪大了眼睛。因为丛林离他们很近，有野鹿野猪会来吃庄稼，有时晚上老虎会出现在村口叼走人。

当然莫格利对他们讲的这些更了解，他忍不住用手捂着脸，不然别人会看到他在笑。卜尔达的膝盖上放着一支塔牌老枪，他不停地讲述着一个个神奇故事，莫格利闷笑不已。

卜尔达说起叼走梅苏阿儿子的那只老虎时，信誓旦旦地说那是只鬼虎，身上附着前几年去世的老钱商的阴魂。“千真万确。”他说，“普隆·达斯以前在暴乱中被打瘸了腿，而那只老虎也是瘸的，它的爪子印很不匀称。”

“是的是的，确实如此。”白胡子老头们齐齐赞同。

“这些故事都是胡编乱造的吧？”莫格利说，“那只老虎出生就残疾了，这事儿谁都知道。那家伙胆子比豺狗还小，哪来的钱商阴魂附身，完全是胡说。”

卜尔达吃了一惊，一时无法反驳。

“你这丛林出来的野孩子！”卜尔达说，“你这么聪明，怎么没把它的皮剥下来送到卡尼瓦楞呢，政府悬赏了一百卢比捕杀它呢。没人教你当长辈说话的时候你应该闭嘴吗？”

莫格利站了起来："我听了一晚上，你讲的故事就没几句是真的。就连在村子附近丛林里的故事都不是真的，更别说那些神仙鬼怪的故事了。"

"这孩子就该去干干活。"村长说道，而卜尔达气得大喘了几口气。

印度的大多数村子有一个习惯，那就是早上让几个孩子去放牛，晚上再把牛群赶回来。那些牛群很听孩子们的话，而老虎也无法袭击一大群牛，所以孩子们也很安全。但是如果孩子们自顾散开去摘花捉虫，就有可能被叼走。天刚亮，孩子们就带着牛群从牛棚里出来了，莫格利则骑在公水牛拉玛的背上，他告诉一起放牛的孩子们，必须听他的。然后让一个叫卡姆雅的孩子带大家去放黄牛，自己带着水牛群向前走。

水牛一般都躺在水塘和沼泽里打滚晒太阳，一待就好几个小时。莫格利把他们一直赶到平原和丛林接壤的地方，然后他从拉玛的背上跳下来，跑到竹林里，见到了灰大哥。"啊，我等了你好多天了。"灰大哥说。

"有希尔汗的新消息？"

"他又回来这边了，前阵子一直在这里等你。最近又走了，因为这里能吃的东西太少。不过他还会回来的，他一心要杀了你。"

"非常欢迎。"莫格利说，"如果他不在，你或者咱们中间随便哪个兄弟，就在那个岩石上等我。如果他回来了，你就去平原中间挨着达科树的小河边等我。我们没必要和他正面对上。"

随后，莫格利就躺在树荫下睡觉，水牛在他附近自由吃草，在印度放牧实在是太简单了。牛群都会自己照顾自己，那些牛凭借自己的舌尖和鼻子可以找到鲜嫩多汁的草料，舌头一卷一扯，草就进了嘴里，站累了就原地躺下歇脚，嘴里还在不停地咀嚼着。等到傍晚时分，孩子们互相呼叫，水牛从泥潭里爬出来，发出响亮的呼哨，然后一个挨着一个排队穿过平原，回到村子里的牛棚里去了。

一天天过去，莫格利每天放牧，他看到远处平原上灰大哥的脊背，就知道希尔汗还没回来。有时候他躺在草地上听着周遭的声音，会想起丛林里的时光。他确信希尔汗一旦出现，他也会立刻听见。

希尔汗的瘸腿使他并不能快速地穿过丛林，脚步的声音也必然和丛林里健康的动物有所不同，他那黄黑相间的皮毛可以瞒过丛林居民，却能被莫格利一眼识破。只要希尔汗在翁因贡甲河畔冒失地迈出一步，莫格利的捕虎计划便要开始了。

自从莫格利开始思考如何对付希尔汗，他就在寻找能剥下老虎皮的利器。有一天，他看到梅苏阿正在切鱼肉，梅苏阿利用一把小刀很快就把鱼肉和鱼骨分离开来，他觉得这把刀真是再合适不过了，于是向梅苏阿要来了这把刀。

起初梅苏阿对莫格利想要一把刀的事情感到奇怪，但她始终是相信莫格利的，村子附近就是丛林，丛林里经常会有野兽出没，她失而复得的儿子可不能再被野兽带走了。

那把刀小巧精致，刀把和刀鞘上还有花纹，莫格利用一根细细的麻绳将小刀穿起来挂在了脖子上，就像一个精致的饰品。

灰大哥曾说放牛这件事情很没意思，在莫格利看来，确实如此，不过这是让人劳动的命令，在人群中生存就得遵守这道命令，这和丛林法则中的捕猎法则有些相似，大家都需要靠自己劳作获得生存下去的资格。

由于放牛没意思极了，有时候莫格利就会给自己找点儿乐子，观察人类是他在丛林里从未体验过的乐趣，放牛娃可比村里的卜尔达有意思多了。放牛的孩子们会时刻警惕是否有老鹰在附近的高空上盘旋；或者去草丛中捕捉蚱蜢和螳螂；或者用红色和黑色的坚果串成一条项链；或者蹲在水坑边看蛇如何捕食青蛙，在岩石上看蜥蜴晒太阳；又或者用泥潭里的泥巴搭建城堡，捏成泥人当作士兵和国王。

莫格利有足够的耐心等待希尔汗出现，但他的耳边最近充斥着人讲话的声音和牛蹄声，这样的生活让他感到厌倦，他迫不及待想听到关于丛林的消息。

这一天终于来了。

当莫格利没有在固定的地方看到灰大哥时，他立刻笑着把水牛赶到了达科树那儿的河沟里去。灰大哥坐在那开着红色花朵的树下，背上鬃毛直立。

“他躲了一个月，以为你已经放松了，昨天连夜和塔巴克翻山越岭搜寻你呢。”灰狼喘着气说。

莫格利皱了皱眉：“我并不怕希尔汗，不过狡猾的塔巴克却有点儿棘手。”

“不用担心。”灰大哥舔了舔嘴唇说，“我已经先碰到塔巴克了，现在他正向老鹰们展现他的狡猾呢。在这之前，他已经把希尔汗的打算和盘托出了。希尔汗打算今晚在村口蹲守你，现在他正躺在翁因贡甲河沟里养精蓄锐呢。”

“希尔汗今天吃过东西了吗？”莫格利问，这个问题的答案非常重要。

“天亮的时候他捕杀了一只猪，还喝了水。就算寻仇，希尔汗也不会斋戒的。”

“这个笨蛋，什么都不懂，吃饱喝足后，还以为我们会等他睡饱才动手呢？喂，他躺在哪儿呢？如果我们有十个，我们可以趁着这时候除掉他。这些水牛没有闻到他的味道是不会冲上去的，我们也不会说水牛的语言。我们可不可以绕到他的后面去，好让水牛闻到味道？”

“他是顺着上游下来的，味道早切断了。”灰大哥说。

“塔巴克出的主意吧，他自己可想不到。”莫格利思考着，“离这儿不到半英里的地方，是翁因贡甲河的大河谷。我可以把牛群赶到河谷源头上再下去，但是他可以从河谷的尽头溜掉，我们得包抄。灰大哥，你能帮我把牛群分成两部分吗？”

“我可能办不到，不过我带来的帮手可以。”灰大哥跑到旁边一个洞里，那里钻出来一个莫格利熟悉的灰色大脑袋。

“昂科拉！昂科拉！”莫格利开心不已，“我知道你不会忘掉我的。你能帮我把牛群分成两部分吗？母牛和牛犊儿在一边，公牛在另一边。”

两只狼开始在牛群中进进出出跑动起来，牛群慢慢被分成了两部分。母牛将小牛团团围在了中间，牛妈妈警惕地注视着这两只狼，唯恐自己的孩子受到一点儿伤害，公牛则在母牛对面，他们早已经按捺不住肚中的怒气，喷着鼻息，脚下的沙土都被踩得飞扬了起来。牛群并不知道这两只狼要做什么，被围困的时间越久越焦躁，他们都瞪着眼刨着地，时刻准备冲上去踹某只狼。

“接下来怎么办？”昂科拉喘着气说。

莫格利骑到拉玛的背上：“跟着我，把公牛赶到左边，昂科拉。等我们走了，灰大哥，你把母牛赶到河谷的尽头上。”

“大概多远？”灰大哥一样喘着粗气。

“河岸高到希尔汗跳不上去的地方就可以了，在那里等我们。”莫格利喊道。

昂科拉大吼着赶起了公牛群，灰大哥则诱使母牛群向河谷尾部跑去。

“干得好！再来一次，再惊吓他们一下。小心点儿，昂科拉。别太猛。这可比赶大雄鹿带劲啊。”莫格利喊道。

“我年轻时也捕杀过他们呢。”昂科拉喘着粗气说，“要一直赶进丛林里去吗？”

“不用，赶紧拐弯！啊，拉玛恐怕要气疯了，可是我没法告诉他我要干什么！”公牛群已经被赶着拐到了右边，进入了灌木群。远处的放牛娃看到这一幕，赶紧跑回村子里报信去了。他们以为水牛疯了，都跑掉了。

其实莫格利的计划很简单，他只是想把公牛群绕个圈赶到上游，母牛群赶到河谷底部，这样就包抄了希尔汗。因为他清楚，吃饱了的希尔汗战斗力大打折扣，也很难跳上高河岸。

他一边安抚水牛，一边让昂科拉在后面帮他赶着掉队的公牛。因为不想惊动希尔汗，他们绕了一个大圈，最后带着牛群停在河谷上游的一块草地上。这个草地是个陡峭的斜坡，能从这里看到丛林下的平原还有河谷。河谷两边几乎垂直，并且满是藤蔓，希尔汗很难跳出去。

“让他们歇会儿，昂科拉。”莫格利说，“先让我提醒一下希尔汗，他已经进入我们的陷阱了。”

莫格利把手拢成喇叭，朝着河谷大喊起来，层层叠叠的回声在河谷里回响。

很久很久，传回来希尔汗睡意十足的声音：“谁在叫喊？”

“是我，莫格利。偷牛的贼，你上会议岩的时候到了！下去吧！把他们赶下去，昂科拉！拉玛，下去！”

牛群在坡顶停留了一会儿，但是昂科拉发出了捕猎的呼喊，于是牛群被惊得沿着陡坡飞快地奔跑下去，不到谷底完全无法停止。跑到一半，拉玛闻到了希尔汗的气味，并开始吼叫起来。

“哈哈哈！”莫格利骑在牛背上说，“你总算明白了！”

这时只见黑压压一片牛角、牛鼻子宛如泥石流一样滚滚而下，水牛群在河谷里飞奔，他们现在已经知道要干什么了。健壮的水牛在中间，不太健壮的在两边，没有任何动物能抵挡这可怕的冲击。希尔汗已经听见了那如雷的蹄声，他爬起来向着河谷尾部逃跑，张望着想要找一条旁路逃掉。可是两旁都是直上直下的河岸，他可爬不上去。于是他只好继续向前跑着，可他吃得太饱了，身体十分笨拙，也无法搏斗。

公牛群在他后面势如破竹地追赶着，吼声蹄声在河谷里雷鸣般回响。母牛群的咆哮声从河谷尾部传来，希尔汗转过身，试图从公牛群里杀出一条血路，但是已经来不及了。莫格利在拉玛背上感觉拉玛被绊了一下，打了个趔趄，然后似乎踩着了什么软软的东西后直接冲了过去。两边牛群会合了，这次冲击让他们从河谷底部进入了平原，牛群因为冲击几乎要内斗了起来，莫格利抓紧时机，从拉玛背上滑了下来，用棍子胡乱打着。

“快，昂科拉！分散开他们，不能让他们内斗。嗨呀，拉玛！嗨呀，小牛们！轻些，轻些。一切都结束了。”

昂科拉和灰大哥前后跑动，虽然牛群还想回头冲向河谷，但是莫格利让拉玛掉了头，然后带着其他牛一起到沼泽去了。

希尔汗已经不用对付了，他死了，老鹰正在吃他的肉。

“他死得很不光彩，不过他从来也没有什么猎手精神。我得快点儿解决他。”莫格利说着摸出了他的刀。

一个人类孩子是无法独自剥下老虎皮的，但是莫格利可以，多年在丛林里生活的经验，让他无比清楚动物的皮毛是怎么生长的，用什么方式才能更快取下皮毛。不过这头死去的老虎足足有十英尺长，想必需要耗费不少精力。莫格利挥着手中的小刀，不停歇地干了一个钟头，他现在已经累得气喘吁吁，额头上都是渗出的汗水，两只狼见他如此费力，偶尔也会在旁边帮忙拽一拽。莫格利一边干一边想，这张虎皮铺在丛林中的会议岩上一定很好看。

过了一会儿，有人搭住了他的肩膀，是老猎手卜尔达。他得到孩子们报告的水牛跑掉的消息，正想好好教训莫格利一顿。两只狼一看见有人来了，立刻远远地躲了起来。

“你想的什么馊主意？”卜尔达怒气十足地说，“你以为你能自己剥掉一只老虎的皮吗？水牛怎么杀死它的？这是那只一百卢比赏金的瘸老虎吧。我们不追究你没看好牛群的事了，等我把虎皮送到卡尼瓦楞，我可以给你一个卢比的赏金。”他从身上摸出打火石，准备依照当地猎人的习惯燎希尔汗的胡子，防止老虎的鬼魂缠上他。

“哼！”莫格利一边剥着老虎前爪的皮，一边好像自言自语地说：“你想拿着虎皮去卡尼瓦楞领赏，还大发慈悲分我一个卢比？不过这张虎皮我还有用。老头子，把火拿开！”

“你竟敢对猎人头领这样说话。要不是这老虎刚捕食过，它早跑掉了。你只是运气不错，水牛群帮你杀掉了老虎。你连张虎皮都不会剥，还敢教训我卜尔达，不让我燎虎须？莫格利，你一个子儿的赏金都别想要，放开这老虎，我要揍你一顿。”

“难道我要一个中午都和他纠缠不休吗？喂，昂科拉，这个人在缠着我。”莫格利剥着老虎肩膀上的皮说。

卜尔达发现自己突然仰面翻在草地上，旁边站着一只成年大灰狼，而莫格利却毫无所觉一样，继续剥着老虎的皮。

“没错，卜尔达，你不会给我赏金。不过有什么关系呢？这只瘸老虎和我有着多年仇怨，而现在我终于赢了。”他小声说。

公道地说，要是年轻时候的卜尔达在丛林里碰见昂科拉，他还是敢和这只狼分个高下的。但是一只狼居然听一个小孩的话，这小孩还和一只老虎有私仇。那这个孩子一定会巫术，卜尔达心里打着鼓，想着这孩子身上的护身符会不会保护他。卜尔达丝毫不敢动弹，他担心莫格利随时也会变成一只老虎。

“首领！大王！”他压着嗓子说。

“什么？”莫格利心不在焉地回应，心里却暗暗觉得好笑。

“我只是个老头儿。恕我不懂你来头这么大，原来你不只是个放牛娃。请让我离开，还是你要让这只狼把我撕碎？”

“走吧，祝你平安。下一次可别这样了。让他走吧，昂科拉。”

卜尔达瘸着腿拼命跑到村里，还不时回头看看莫格利，生怕他会变身。卜尔达一回到村里，就添油加醋地讲了一个臆想的巫术的故事，于是祭司也紧张起来。莫格利继续干他的活，快到天黑的时候，他才和两只狼把那张色彩斑斓的大虎皮从希尔汗身上剥下来。

“让我把虎皮藏起来，然后我们赶水牛回去吧。昂科拉。”

走到村口，莫格利看到了灯火，还听到了寺庙里吹海螺的声音和敲钟声，几乎半个村子的人都在那里等着。“一定是因为我杀死了希尔汗。”他心想，可是却飞来了雨点般的石头，村民们高呼：“巫师！狼崽子！丛林来的魔鬼！快走！快滚开，不然祭司就要把你变回狼！开枪，卜尔达，快开枪！”

枪声响了，却打中了一头年轻的水牛。

“果然有巫术！”村民们喊道，“子弹拐弯了！卜尔达，那是你家的水牛啊。”

“这是为什么啊？”莫格利迷惑地说，砸来的石头越来越多。

“人类和狼群其实没什么差别。”昂科拉镇定自若地坐下说，“如果我没弄错的话，他们是要把你赶走。”

“狼！狼崽子！滚出去！”祭司挥舞着有法力的小树枝喊道。

“又是这套？上次因为我是人，这回又说我是狼。咱们走吧，昂科拉。”

这时梅苏阿向牛群跑过来，一边跑一边喊：“啊，我的儿子！他们说你是巫师，会随时变成一只狼，我不相信，可是你走吧，不然他们要杀了你。卜尔达说你会巫术，可是你却为我死去的纳特报了仇。”

“回来，梅苏阿！”人们喊道，“回来，不然我们也要砸你了。”

莫格利笑了一声，石头砸中了他。“快回去吧，梅苏阿，这只是个瞎说的故事。再见了，我现在要把牛群赶进村里。我不是巫师，而我却为了你儿子的性命付出了代价。再见，梅苏阿。”

“现在把牛群赶进去，昂科拉。”他喊道。

水牛已经迫不及待要回去了，几乎不用吆喝，就旋风似的冲进了村，人群被冲撞得七零八落。

“记得数一数！”莫格利带着点儿嘲笑，“说不定我偷了一头呢。我再也不会帮你们放牛了，再见啦。要不是梅苏阿，你们可能要被我带着狼群捕猎了。”

他转身和狼一起走了，心里十分快活：“昂科拉，带上希尔汗的皮，我们走吧。看在梅苏阿对我很好的份上，我不想伤害这个村子。”莫格利庆幸自己终于不用住在陷阱一样的屋子里了，他又可以在晴朗的夜晚看到闪闪的星空了，他又恢复了自由身。但他并不明白，他没有伤害过人类，人类却对他避之不及，他看到人们眼中充满着恐惧。

月亮高挂在平原上，村民们惊恐地看着莫格利带着两只狼和虎皮，不慌不忙地离开了。

然后他们又在寺庙里敲着钟，吹响了海螺。梅苏阿大哭起来，而卜尔达的丛林历险故事又有了新的素材，当然免不了添油加醋，比如昂科拉用后腿站立，像人一样说话。

月亮落山的时候，莫格利和两只狼回到了狼窝。

“人也把我赶了出来，妈妈。”莫格利喊道，“不过我实现了承诺，我带来了希尔汗的皮。”狼妈妈从狼洞里走出来，后面是其他狼兄弟，看见虎皮，她的眼睛亮了起来。

“那天他挤进半个身体，想杀掉你的时候，我的青蛙儿子——我就警告过他，猎杀者往往会被猎杀。干得好啊！”

“小兄弟，干得漂亮。”树丛里传来一个温柔的声音，“没有你，丛林真是寂寞。”是巴依拉。他们一起爬上会议岩，把虎皮铺在昂科拉以前坐着的那块平坦岩石上。昂科拉躺在上面，和莫格利第一次去那里时一样呼叫起来：“看——各位注意看！”

如今狼群没有首领，大家只能各自过活，有的掉进陷阱里摔瘸了，有的被枪弹打伤了，有的吃了坏掉的食物生病了，还有的不知道在哪里，只有剩下的出于习惯回应了呼声，来到了会议岩。他们看见希尔汗的皮铺在岩石上，莫格利放声唱着歌，而灰大哥和昂科拉则在他唱歌的间隙吼叫着应和。

“各位注意看。我说过会带来他的虎皮吧。”莫格利唱完以后说。

群狼齐声叫道："是！"于是狼群开始请求昂科拉的再次领导，并且许诺莫格利再次加入狼群。而巴依拉毫不留情地戳穿了他们："一旦你们吃饱以后又会开始发昏的，只有曾为自由而战的勇士，才会获得自由。诸位敬请享用这自由吧。"

"人群和狼群都把我赶走了，我以后只能一个人了。"莫格利说。

"还有我们和你一起。"那四个狼兄弟说。

那天以后莫格利就离开了，他和四个狼兄弟一起在丛林里生活捕猎。不过很多年后，在他长大成人后，他结婚生子，有了自己的家庭，不再孤单。

不过，那不是要讲给孩子们听的故事了。

国王的象牙

你也许知道丛林中有一句谚语：雨水填满池塘，装不下鳄鱼的肚囊，猴子妄想摘日月，老鹰妄图吞噬死亡，人的眼睛盛满欲望，欲望长出来比丛林还要大。

黑豹巴依拉从小生长在人类制作的牢笼里，透过牢笼的铁栏杆，巴依拉已经将人类的贪婪全部看在了眼里，莫格利从他那里听来了很多关于人类的事情。人们会因为一片面包而大打出手，也会因为一块美玉而毁灭一座城堡。

巴依拉趴在树干上望着眼前的森林说：“人心的欲望是会生长的。曾经他们只想将我的母亲关在笼子里，任由人们观赏，可后来他们不想只观赏在牢笼中的困兽，于是他们开始利用食物训练我的母亲，让我的母亲为人类表演，人类把我的母亲放在斗兽场中间，他们想彻底抹除我母亲对森林的记忆，仅仅只是为了满足他们的私欲。知道我的存在后，他们也将我囚禁了起来，我能够回到森林，可不是因为人类悔改了，是因为我的心里生出了森林的根。”

“我知道的，你叮嘱过我很多次，与人相处要小心。”莫格利手里正在玩着一片叶子。巴依拉所说的欲望对于莫格利来说，太过遥远了。莫格利只要每天能在丛林中自由地奔跑，能吃饱睡好，就能满足所有的欲望。丛林中的猎物不需要用人类的金钱购买，丛林也不需要华丽的城堡，丛林居民不会为一块石头而争吵，更不会因为享乐而将生命踩在脚下。

“人孩，也许你并不明白，因为你只是在这里听我讲故事，并没有亲眼见过。幸好你从一开始就没有与人类在一起，不然我怎么会遇见你这个可爱的人孩呢！”巴依拉有些庆幸地说。

“以后我们再继续这个话题吧，我今天还要去看卡奥。”莫格利说完离开了巴依拉趴着的树干。

卡奥正在丛林的一处洞穴旁休息，为了完成蜕皮这件大事，他已经好几天都没好好休息了，每次蜕皮就像拿刀在剥自己的鳞片，不过现在都熬过去了。

这可能是大蟒蛇卡奥从出生到现在的第二百次蜕皮了。莫格利从未忘记被困在“冰穴”的那个晚上卡奥救了自己一命，所以莫格利要去给卡奥道喜。蛇在蜕皮期间总是喜怒无常，心情低落，这种状态会持续到他完成蜕皮并且新皮肤变得光鲜亮丽。莫格利指挥野象哈迪捣毁了一座作恶多端的人的村庄后，丛林里的兽民就把他当作了丛林之王。卡奥再也不会拿莫格利开玩笑了，他会像丛林里的其他兽民一样，接受莫格利作为丛林之王，并且会尽自己所能把打听到的消息全告诉莫格利。卡奥几乎对中部丛林的事情无所不知——无论是地上跑的还是地底跑的，无论是在鹅卵石上待着的还是在地洞里藏着的，所有的动物在他眼前似乎都没有秘密。

那天下午卡奥盘着身子，莫格利坐在他身体的最中间，用手抚摸着卡奥刚刚蜕下不久的破烂且老旧的蛇皮。卡奥非常有礼貌地把自己的身体垫在莫格利裸露的肩膀下面，所以莫格利就像靠在靠背椅上休息一样舒服。

“就连眼睛上的鳞片也是完美的。”莫格利摆弄着卡奥蜕下来的皮说，“看见自己头上的皮肤在自己脚底下，这感觉是不是很奇怪？”

“啊，不过我没有脚。”卡奥说，“因为蜕皮是我们蛇的习惯，所以我也不觉得奇怪。难道你从来不觉得你的皮肤又老又糙吗？”

“那样的话，我会去洗澡，好好洗一洗。不过我真希望在大夏天的时候我也能把这身皮蜕掉，最好感觉不到任何疼痛，蜕完皮后还能光着身子到处跑。”

“我洗澡，也蜕皮。你觉得我这身新衣服好看吗？”

莫格利顺着卡奥巨大的背上的纹理一直摸下去。“乌龟的壳比你的硬，不过没你的这么亮丽。”莫格利机智地说道，“青蛙的皮肤比你的更亮丽，但是又没你的这么坚硬。你新换的皮肤真漂亮，就像百合花蕊边的花斑一样。”

“换了新皮还得补水，新皮肤如果不下水的话就不会显现出它全部的色彩。咱们一起去洗澡吧。”

“那我抱着你去洗吧。”莫格利说。他开心地弯下腰从中间抱起卡奥巨大的身体，就像抱住一个桶子最粗的那个部位一样，这同一个人试图搬起一根三十英尺长的水管一样困难。卡奥纹丝不动，还在那里偷笑着。就这样，一场傍晚游戏开始了——一边是一个浑身是劲的男孩，一边是刚换了新皮的蟒蛇，一场摔跤比赛从他们站好位置的那一刻便开始了——这是一场眼力和肌肉力量的较量。

当然了，要是卡奥全力以赴的话，他能撂倒十二个莫格利。但是他小心翼翼地跟莫格利玩耍着，连自己十分之一的力气都没有使出来。卡奥是在莫格利长到足够强壮，能够忍受一点儿粗暴的摔打的时候才教他玩这种游戏的，这个方法比其他任何方法都能锻炼四肢的力量。有时莫格利会直逼卡奥的喉咙，试图腾出一只手来抓住他的喉咙。紧接着卡奥便会松开莫格利，莫格利会趁卡奥的尾巴摆动的时候寻找石头或者树枝当作支撑点，但是卡奥会迅速移动，让莫格利无法得逞。他们会相互抱着四处滚动，各自等待时机，直到他俩纠缠成一团，不断爬起来又倒下去。“喂！喂！喂！”卡奥喊着，他佯装要进攻的样子伸出脑袋，即便敏捷如莫格利也无法把他推开。“瞧！我碰到你这里了，小兄弟！还有这里和那里！你的手没有麻木吗？我又碰到你这里了！”

这样的比赛永远以同样的结果而告终——男孩会被蛇脑袋一次次击倒。莫格利永远也学不会如何对付快如闪电的卡奥，正如卡奥所说，再怎么尝试都没有用。

“祝你打猎顺利！”卡奥最后笑着说道。莫格利像往常一样被卡奥甩到六码以外的地方，边喘气边笑。他抓起满满一手草站了起来，跟在卡奥后面，来到这条聪明的蟒蛇最喜欢的洗澡的地方——一个深深的黑色水池，周围的树木都浸在了水里。男孩以丛林生活的方式下了水，没发出一点儿声音。然后潜到水池对面，静悄悄地从水里冒出来，随后又仰躺在水面上，把头枕在胳膊上面，看着月亮从岩石后面升起来，用脚趾头把月亮在水中的倒影搅碎。卡奥那菱形的脑袋像剃刀一样把水池分割开，然后又浮出水面落在莫格利的肩头。他们一动不动地躺着，尽情让自己浸润在清凉的池水里。

“太好了，”莫格利睡意蒙眬，迷迷糊糊地说道，“我记得在人群里的时候，他们会把坚硬的木块放进用泥巴做好的陷阱里，并且把所有新鲜空气阻挡在外，用一块脏兮兮的布把他们的头蒙起来，用鼻子哼唱出邪恶的歌。相比之下，还是在丛林里快活得多。”

一条眼镜蛇急匆匆地从岩石后面冒出来喝水，在跟他们说了一句“祝你们打猎顺利”之后便离开了。

“嗞！”卡奥发出声音来，他好像突然想起了什么事情，“所以你在丛林里的经历是否已经满足你的愿望了呢，小兄弟？”

“并不是所有的愿望都满足了，”莫格利笑着说，“否则每个月圆之夜都得有一头新的、强壮的希尔汗被我杀掉。现在我可以不借助水牛的帮助亲手杀了他。我曾经希望在盛夏的雨季能有灿烂的阳光，烈日炎炎的天气能有凉爽的大雨。当我饥肠辘辘的时候，我希望自己能杀死一头山羊，但又希望杀死的是一头雄鹿而不是山羊，当我杀死一头雄鹿的时候又希望自己杀死的是一头鹿牛羚。我太贪心了，我们都是这样。”

“你没有别的愿望了吗？”大蟒蛇又问。

“我倒希望有。我已经拥有这片丛林和丛林里的一切了！还有哪里的东西能比得上这里呢？”

“喂，可是那条眼镜蛇说……”卡奥说道。

“什么眼镜蛇？他刚走并且啥都没说。他在捕猎。”

“我说的是另一条眼镜蛇。”

“你是不是经常跟那些毒蛇族来往？我一贯不理他们，让他们走自己的路。他们的尖牙总是带着死亡的气息，这可不好，可能因为他们实在是太小了。不过刚刚跟你说话的那条蛇是怎么回事？”

卡奥在水里慢悠悠地翻了个身，就像一艘轮船在海里行驶一样。“三四个月前我在‘冰穴’狩猎，你应该还记得那座城堡。我的猎物尖叫着跳过水池子，然后又跑进了房子里，就是我闯进去救你的那座房子，后来他又钻到地底下去了。”

“但是‘冰穴’的居民并不生活在地底下。”莫格利知道卡奥说的是猴子。

“那东西并不是在生活，而是在谋生。”卡奥回答说，他的舌头打了一下颤，“那东西跑进了一个很长的洞穴里，我跟着他进去并把他杀了，之后我就睡着了，醒来后继续向前走。”

“在地底下？”

“是这样。我最后碰到了‘白头巾’（一条白色眼镜蛇），他跟我说了一些我不知道的事情，并让我看了很多我以前没有见过的东西。”

“是不是新的猎物？那次狩猎成功了吗？”莫格利迅速转过身问。

“那不是什么猎物，他们能咬碎我所有的牙齿。但是‘白头巾’说他们对人类很了解，就像了解自己的同类一样，人有时候哪怕是付出生命的代价也要去看一些东西。”

“我们去看看吧。”莫格利说，“我现在记起来了，我曾经也是人类啊。”

“别急，慢慢来。那条黄蛇就是因为急匆匆吃掉‘太阳’才丧命的。我跟‘白头巾’在地底下交谈的时候，我还提到了你，你是人类。‘白头巾’说：‘我已经很久没见过人类了，叫他过来吧，他会看到所有的东西，即便是最微不足道的东西，很多人都会为了看到这些而舍弃生命。’”

“那一定是新的猎物。但是当猎物靠近的时候，那些有毒的兽族都不会告诉我们。他们不是什么友善的种族。”

“那不是猎物。那是……那是……我不能告诉你那是什么东西。”

“我们一起去那里看看。我从没见过‘白头巾’，我也想看看其他的东西。他把其他东西都杀了吗？”

“它们本来就不是活物。‘白头巾’说自己是那些东西的保管者。”

“啊！就像一匹狼守着自己带回洞穴的战利品一样。我们走吧。”

莫格利游到岸边，在草地上滚了滚，以此擦干身体。他们俩一起向“冰穴”出发了。莫格利再次来到了之前被猴群围困的地方——那座破败的城堡。城堡里静悄悄的，空荡荡的，那群猴子如果不是因为害怕莫格利而躲起来，就是到丛林里觅食去了。卡奥带着莫格利穿过宫殿，到了平台上一座废弃的女王亭中，走过亭子便有一条通往地下的楼梯。莫格利依然没忘记上次在宫殿里遇到蛇族的事情，谨慎起见，他进去之前还喊了一句蛇族密语。楼梯空间不大，莫格利和卡奥沿着七拐八折的楼梯爬行了很长一段距离，最终来到了一个大窟窿前，窟窿的顶部已经被一棵大树撑破了，几缕光线透过缝隙洒进来，照进了黑暗里。

“这是个安全的洞穴，”莫格利站起来说，“但是要天天过来也太远了。我们要看的东西呢？”

“我不就是吗？”一个声音从洞窟中间传来。莫格利看到有一个白色的东西慢慢爬着。他从未见过这样大的眼镜蛇——他差不多有八英尺长，在暗处看他身上是老旧的象牙白色，就连那“头巾”也与众不同，十分奇妙。

“祝你打猎顺利！”莫格利说。

“你有那座城市的消息吗？”白眼镜蛇并没有回应莫格利的问候，“那座用城墙围起来的，有一百头大象和两万匹马以及无数牛羊的大城市，那个曾陆续由二十个国王统治的城市。我已经聋了，所以已经很长时间没有听到那边的战鼓声了。”

“我们生活在丛林里，”莫格利说，“在象群里我只认识哈迪和他的儿子。还有一个村子里所有的马都被巴依拉杀死了。国王是什么啊？”

“我不是跟你说过了吗？”卡奥软绵绵地对眼镜蛇说，“我跟你说过，四个月前那座城市就已经消失了。”

“那座森林中的巨大城市由国王的塔楼守卫着，谁都没法入侵。那座城市在我爷爷从蛋壳里孵化出来之前就建好了，而且会永远存在！你们是谁家的牲口？”

“这下把我搞糊涂了。”莫格利转过身对卡奥说，“我听不懂他说的话。”

“我也是。他是眼镜蛇之父，年纪很大了，他在这片丛林存在之初就在这了。”

“这个男孩是谁呢？”白色眼镜蛇说，“坐在我面前一点儿也不害怕，也不知道国王的名字，用人嘴说我们的话。这个会说蛇话，拿着小刀的是谁啊？”

“他们叫我莫格利。”莫格利回答，“我来自丛林，我是狼族的，卡奥是我的兄弟。眼镜蛇之父，你是谁？”

“在我的皮肤还没有变白的时候，库伦王便打造了这座石窟，并将金银财宝堆放其中，指派我守护此地，并命令我将所有企图盗取宝藏的人斩杀。与此同时，我们的主宰——婆罗门的歌声始终回荡在这里。”

“从我来到这儿，宝库上面的石头被挪开过五次，但总是往里面放入更多的财宝而不是取出去。这里的财宝跟别的地方的不一样，它们是属于一百个国王的。我以为这座城市已经被遗忘了，因为上一次石头被挪开已经是很久很久以前了。”

“这里已经没有什么城市了。抬头看看吧，上面的石头已经被大树的树根顶开了。人和树是不会生长在一起的。”卡奥坚持道。

“人们找到过这里两三次，”白眼镜蛇恶狠狠地回答，“他们在黑暗中摸索，直到我靠近，他们才发出很短一声叫喊。但是你们是带着谎言来到这里的，你们两个都是，都想让我相信我的城已经消失了，我的职责已经结束了。这么多年来，人类没发生什么变化，而我也一点儿没改变！我在等那块石头被挪开，婆罗门的人走下来唱着我熟悉的歌，并用温热的牛奶喂我，再次把我带到光明的地方。我……我……我是国王宝库的看守者！你说这座城已经消亡了，树根把石头撑破了？

如果那个会蛇语的人能活着走出这里的话，那你们随便拿走这里的宝藏吧，有了这些宝藏，那些小国王也会听命于你！”

“你老糊涂了。”莫格利冷漠地说，“豺狗会不会曾经钻过这个深洞，并且咬过‘白头巾’呢？‘白头巾’肯定已经疯了。眼镜蛇之父，我看这里没什么能带走的。”

“我以日月之神的名义担保，这孩子一定是疯了，想找死啊！”白眼镜蛇咝咝地说，“在你死之前，我要赐你一个恩典，让你看看人们从来没见过的东西！”

“丛林里从来没有人敢说要恩赐莫格利什么东西。”莫格利咬牙切齿地说，“不过据我所知，黑暗会改变一切。如果你乐意的话，那我就去看看。”

莫格利眯着眼睛朝洞窟里走，他从地上抓起了一把闪闪发光的金片，虽然他并不知道那是什么。

“嗬！”莫格利喊道，“这东西像是我以前在人群里看到过的东西，只不过这是金黄色的，而我之前看到的是棕色的。”

莫格利丢掉手里的金片继续向前走。这个洞窟里埋着五六英尺深的金币和银币。由于很长时间都没人整理，它们已经从原来的麻袋里散落出来了，并且还粘连在了一起；还有镶嵌着珠宝和银饰的象轿，以及众多宝石、翡翠和琥珀等；这里还可以看到许多五英尺高的银像，不过这些银像已经被人们遗忘很久了；还有龟甲和犀牛皮制造的盾牌，盾牌的中间刻着浮雕；还有一捆捆宝剑、猎刀；还有女子装胭脂水粉的瓶瓶罐罐。装宝物的木箱已经腐朽了，随便一拍，就能化为粉末，箱子里的宝物都裸露了出来。在这里，各种宝贝应有尽有，还包括一大堆在外面很少见的东西。

白眼镜蛇没有说错，这些宝贝再多的钱也买不到。不知道它们经历了多长时间、多少次战乱和抢劫才得以保存下来。如果不计算那些宝物和宝石的重量，那些金银所铸造的钱币就有两三百吨，谁能想到城堡的下方埋藏着这么多宝贝呢？印度统治者修建秘密宝库并不是值得惊奇的事情，这些统治者不管多穷都会有宝库，他们会把绝大多数的财物掌握在自己手里，这也许就是权力和国力的象征。这么多的宝物都在地下被埋葬，简直令人咋舌，不过这些对于莫格利来说，便没有那么重要了。

莫格利不懂这些财宝意味着什么，只对里面的一些匕首有点儿兴趣，但是摆弄不来，所以便把匕首扔掉了。他最后发现了真正让人着迷的东西，那东西就埋在一顶象轿面前的金币里。那是一根三英尺长的象叉，或者说是象牙，跟钩头篙长得差不多。那象牙上面嵌着一枚闪闪发亮的红宝石，把手上镶满了绿宝石，手感很舒服。再下面是翡翠环，上面雕着一朵花，叶子是用绿宝石雕刻的，花朵是用红宝石雕刻的，其余部分都是由象牙构成。象牙的顶端由刻着图画的鎏金钢铁钩组成，那些图画深深吸引着莫格利，他觉得这象牙可能与沉默的朋友——大象哈迪有着某种关联。

白眼镜蛇紧紧跟着莫格利。

“这些东西值得你付出生命的代价吗？”白眼镜蛇说，“难道我不是赐给了你一个很大的恩惠吗？”

“我不懂。”莫格利说，“这些东西坚硬而冰冷，一点儿也不好吃。但是这个象牙，我希望把它带走，我要拿到阳光下面看看。这些东西都是你的吗？如果你愿意，我可以拿一些青蛙跟你交换这个象牙。”

白眼镜蛇邪恶地笑了：“这里的一切都可以给你，只要你能活着离开。”

“但我要走了。这地方又黑又冷,我想把这根象牙带到丛林里去。”

“看看你脚下！看看你脚下是什么？”

莫格利捡起了脚下那块白色光滑的东西。

“这是人的头骨。”他淡定地说道，“那边还有两块。”

“很多年前，这些人来到这里想把这些宝物拿走。我在黑暗中跟他们说了几句话，他们就永远地躺在了这里。”

“我要这些财宝有什么用呢？如果你愿意让我带走这根象牙的话，打猎就会更顺利了。如果你不愿意的话，对我也没有什么影响。我不与毒蛇族起冲突，他们教会了我你们蛇族的密语。”

“但这里只有一句密语，而且只有我知道！”白眼镜蛇不满道。

卡奥上前说道：“到底是谁让我把他带来的？”

白眼镜蛇咝声说：“当然是我。我已经很久没见过人类了，没想到还能说蛇语。”

“但是你没说过要杀了他。如果你把他杀了，我回到丛林以后，大家肯定会说是我杀的。”卡奥说。

“到时候我会告诉大家是我杀的。墙上有一个洞，随便你走不走。现在给我闭嘴，你这条捕杀猴子的肥蛇！别逼我把你也杀了。没人能活着从这里走出去。我是国王宝库的守卫者！”

“你这条地底下的白色蠕虫，我跟你讲过了，已经没有什么国王或者城了！我们才是丛林的主角！”卡奥喊道。

“宝藏仍在这里。那这样吧，等会儿，卡奥，让这个男孩在这里跑吧，这里足够宽敞，可以好好玩一玩，来回跑跑吧，小子！”

莫格利安静地用手抚摸卡奥的头。

“这条白蛇连我都不认识，他就敢说自己跟人打过交道。”莫格利悄声说。他把象牙的顶端朝下拿着，并迅速将其抛了出去，正好擦着那条大白蛇的脑袋钉在了地上。然后卡奥以迅雷不及掩耳之势将大白蛇牢牢缠住，使他动弹不得。大白蛇怒火中烧，发狂地晃动着脑袋。

“杀了他！”卡奥对着正准备拔刀的莫格利说。

“不。”莫格利抽出刀说，“我再也不会胡乱杀生了。卡奥，你瞧！”他用刀撬开了白蛇的嘴巴，使他那两颗深深埋在牙床里并且已经发黑的毒牙露出来，他已经很老了，牙里也已经没有毒液了。

莫格利说：“他的牙已经萎缩了。”他让卡奥松开大白蛇，自己也收起了象牙，他们把白眼镜蛇放开了。

“看来国王的宝库需要一位新的守卫了。”莫格利郑重地说，“你可没有履行好自己的职责啊。你也来回跑跑呗！”

“你杀了我吧，我没脸继续活下去了。”白眼镜蛇呲声说道。

“我已经说了太多关于杀人的话了。现在我们该走了，因为我打败了你，所以我要带走这根象牙。”

“那么我希望这东西最后不会将你杀死。它会带来死亡！记住这一点儿！这东西足以杀死这座城所有的人。你没法长久地占有它，别人会把它抢走的。它会让你们不断杀戮！我已经没有力气了，但是这根象牙会代替我的工作。它会带来死亡！它会带来死亡！它会带来死亡！”

莫格利离开洞窟回到地道，白眼镜蛇还在歇斯底里地说着“它会带来死亡！”

莫格利和卡奥很高兴再次回到光明的世界里。莫格利挥舞着象牙，象牙在晨曦中熠熠生辉，莫格利高兴坏了。

“这比巴依拉的眼睛还明亮。”莫格利旋转着红宝石兴奋地说，“我想让大家都看看这根象牙，可是我不明白白眼镜蛇说的死亡是什么意思。”

“我也不懂。地上地下那些邪恶的东西总是藏在‘冰穴’里。不过我现在饿了。早上你要跟我一起打猎吗？”卡奥说。

“不了，我必须让巴依拉看看这东西。祝你打猎顺利！”莫格利挥舞着象牙手舞足蹈地离开了。他时不时会停下来欣赏象牙，直到来到巴依拉待的地方。巴依拉吃饱后正在喝水，莫格利把昨晚的冒险从头到尾跟巴依拉说了一遍，巴依拉时不时闻闻那象牙。当莫格利说出白眼镜蛇最后说的那句话时，巴依拉呼噜呼噜表示赞同。

“那么白眼镜蛇说的都是真的吗？”莫格利急忙问道。

“我从小就在奥德普尔王的兽笼里长大，所以我对人类还是有所了解的。有些人甚至会为了一大块红色的石头大开杀戒。”

“石头拿在手里多重啊。我的小刀要好得多。红色石头又不能吃，他们为什么要为了它杀人呢？”

“莫格利，快去睡觉吧，你曾经跟人类一起生活过，而且……”

“我没忘记。人类杀生不是为了觅食而是为了取乐。醒醒，巴依拉。这象牙有什么用呢？”

巴依拉半睁着眼睛，他太困了，眼里透露出倦意。

“人类制造这个东西是为了对准哈迪儿子们的脑袋，我在奥德普尔街头见过，就在我的兽笼前，那东西刺穿了很多哈迪同类的脑袋。”

“他们为什么要对准大象的脑袋刺？”

“为了让大象遵守人类的法则。人类制造这些东西来代替尖牙利爪，还有比这更可怕的。”

“我走到哪里，哪里就要流血，即便是靠近人类制作的东西也一样。”莫格利沮丧地说。他有点儿厌恶这根象牙了。

“如果我早知道这玩意儿的用途的话，我是不会拿走它的。它让那么多伙伴流血，我再也不会用它了。”接着莫格利就把象牙扔到了远处的树丛中。

“现在我跟死亡没有关系了，”莫格利在潮湿的地上擦了擦手，“白眼镜蛇说死亡会跟着我。”

“是黑是白，是死是活都与我没关系，我困死了，小兄弟。我不能像有的人一样，整晚打猎白天还能一直嚎叫。”

巴依拉说完就跑回自己的巢穴睡觉去了。莫格利则用树藤做了一个吊床，美美睡了一觉。丛林里的朋友并不会制作和使用藤床，他们只是对光照非常敏感，所以只需要随便挖一个洞穴就可以睡觉了。为了尊重朋友们的习惯，莫格利也很少在藤床里睡觉。藤床的舒适带来了好梦，梦里出现了那镶嵌宝石的象牙，象牙在阳光下闪烁着五彩斑斓的光，让人念念不忘。突然，莫格利从欣赏宝石的梦中惊醒，坐在藤床上。他是被那些闹腾的兽族吵醒的，那时候天已经黑了。

“至少让我再看看那东西。”莫格利顺着树藤滑到地面，但是巴依拉比他更快。

“那个象牙去哪儿了？”莫格利大喊。

“某个人把它拿走了。这里还有人的痕迹。”

“现在我们要看看白眼镜蛇说的是不是真的。如果那东西会带来死亡，那么拿走它的那个人就会死掉。我们跟去看看。”莫格利边说边着急地想要马上动身。

“先填饱肚子。”巴依拉说，“饿着肚子是不会有好眼力的。人类走得很慢，丛林又那么潮湿，会留下很多痕迹的。”

当他们捕完猎吃饱喝足后，已经是两三个小时后的事情了。在丛林居民眼中，没有什么事情比吃饭更重要了。

“你觉得那个拿着象牙的人会被那玩意儿杀死？”莫格利问道，“白眼镜蛇说那玩意儿会带来死亡。”

“等我们找到就知道了。”巴依拉低着头慢跑着说，“地上只有一个人的脚印，而且那根象牙对他而言太重了，他的脚印陷得很深。”

“这不是显而易见的吗？”莫格利回答道。他和巴依拉继续跟着脚印赶路。

“从脚印可以看出来，他现在加快步子了，在这里转弯干什么？”

莫格利说。他们走过了一段潮湿的路面。

“等等！”巴依拉说着便加速往前跳过去，他知道当地上的脚印看不清楚的时候，他要做的第一件事就是不要让自己的脚印与其混淆了。巴依拉跳过去后就朝着莫格利大喊道：“这里还有另外一个脚印，这个脚印小一些。”

莫格利跑上来看了一眼，说：“这是冈德猎人的脚印。看！从这里可以看出为什么要转弯了，他在躲避后面的人。”

“一点儿没错。”巴依拉说，“现在我们分头追，你追小脚印的冈德猎人，我追另一个。”

巴依拉跳到原来的脚印那里，莫格利则留下来观察那个小脚印。

巴依拉沿着脚印往前走并说道：“嗯，假设我是这个大脚印的人，我刚才在这里转弯，并躲到一块石头后面一动不动。说说你那边的发现吧，小兄弟。”

“嗯，假设我是这个小脚印的人，我刚才来到了石头边上。”莫格利沿着脚印跑过去，“现在我坐在石头下面，把弓箭放在脚边休息。我留在这里的脚印很深，这表明我在这里等了很长时间。”

“我也在石头后面躲了很久。”巴依拉说，“我把象牙靠在石头上，划出了一道划痕。说说你那边的发现吧，小兄弟。”

莫格利说：“这边有一根大树枝和两根小树枝被折断了……我离开这里的时候一定会发出声响故意让大脚印的人听到。”

他一步步离开那块石头，最后来到一条小瀑布旁继续说：“我走得越来越远……瀑布的声音……盖过了……我发出的声响，我在……这里……等着。说说你那边的情况吧，巴依拉，大脚印。”

巴依拉从各个方向观察大脚印，然后开口说道：“我拿着象牙从岩石后面跑出来，看到四下无人便跑了。我飞快地跑了。”

巴依拉和莫格利分别继续追踪脚印。丛林里十分安静，只有两个追踪的身影。

“小脚印，你在哪儿？”巴依拉喊道。莫格利回答的声音从不到五十码的地方传来。

“啊！”巴依拉咳嗽了一下说，“这两个人是并排跑的吧，他们的距离越来越近了。”

他们又追了半英里，两者之间的距离没有发生变化，直到莫格利喊道：“他们碰面了。祝打猎顺利——瞧！这里有小脚印留下的痕迹，他的膝盖靠在石头上，大脚印就在那边！”

在他们前面不到十码的地方有一位村民倒在了一个岩石堆里，他的后背被一支带着羽毛的箭刺穿了。

“小兄弟，你是不是开始相信那条白眼镜蛇的话了？”巴依拉轻轻说道，“这里已经死了一个人了。”

“继续追吧。那个喝象血的象牙在哪里？”

“也许在那个小脚印的人手里。现在又只剩一种脚印了。”

在长满干草的山坡上，布满了一个个深浅不一的小脚印，那人的左肩上一定扛着重物，为了躲避其他人的追踪，他还曾沿着山坡绕圈子。但这些障眼法在擅长追踪的莫格利和巴依拉眼里，简直是雕虫小技，那些小脚印在山坡上就像烧红的烙铁，红得刺眼，小脚印的足迹把他们引向了一个峡谷。

“又死了一个！”巴依拉说。

消瘦的冈德猎人躺在那边，一只脚还踩在灰烬里。

“是被一根竹竿杀死的。”莫格利瞟了一眼就知道了，“我以前跟人类一起生活的时候对水牛用过这东西。我真不该嘲笑眼镜蛇之父。我之前说过人类杀人只是为了取乐。”

“他们杀人是因为那些红色蓝色的石头。”巴依拉回答说，“别忘了，我曾经在奥德普尔国王的兽笼里待过。”

莫格利在灰烬中发现了另外四个人的脚印，这四个人并不像冈德猎人走路那么快，他们的足迹比较明显，没有冈德猎人的足迹浅。从火堆旁边的足迹可以判断，最开始他们五个人还是围在火堆边进行了一番友好交谈，后来不知道为什么，这个瘦小的冈德猎人惹怒了那四个人，那四个人便结束了他的生命。莫格利对巴依拉说：“我们先回去吧，我感觉自己的胃在翻滚了。”

“现在就撤算什么打猎呢？跟上去！”巴依拉说，“这四个人不会走得太远的。”

他们又追了一小时。

现在太阳已经升得很高了，巴依拉说：“我闻到烟味了。”

“人类吃饭的时间总是比跑路的时间长。”莫格利回应说。随后莫格利循着味道穿梭在一片低矮的灌木丛中，巴依拉在他的左边小跑着，嘴里发出“呼呼”的声音。很快，他们就在不远处发现泼洒在地的面粉以及一件被丢弃的彩色衣裳。

“这里又死了一个人。”巴依拉说。

“又是那根竹竿干的好事。”莫格利说。

“已经死了三个了。”巴依拉说。

“我要去抓些肥美的大青蛙送给眼镜蛇之父。”莫格利自言自语，“喝象血的象牙果然会带来死亡，不过我还是不明白。”

“跟上去！”巴依拉说。

他们又跑了半英里远，忽然听到树林中传来了乌鸦的歌声，那歌声如泣如诉，那是“死亡之歌”。莫格利和巴依拉循着声音找到了那只唱歌的乌鸦，它正站在一棵柽柳树上看着树下，树荫下面躺着三个一动不动的人。巴依拉赶紧上前嗅了嗅，发现那几个人已经全死了，而那根象牙完好无损地躺在身边，上面的红宝石和绿松石在阳光下依然耀眼。

“他们是怎么死的？他们身上没有一点儿伤痕。”巴依拉问。

丛林居民在辨别有毒的植物和浆果方面都很有经验。莫格利闻了闻篝火散发出来的烟，尝了一口已经烤黑了的面包，便吐了出来。

“死亡苹果。”莫格利咳嗽了一声，“是被死亡苹果毒死的。他们先是杀了那个冈德人，后来自己又死掉了。”

死亡苹果是整个印度毒性最强的毒药，丛林里的居民从不采食这种东西，他们叫这个果子为“达图拉”。显而易见，这些人类并没有丛林生活经验，也并不把这种小小的毒果子放在眼里，最终只能落得个毒发身亡的下场。

“现在我们该怎么办？”巴依拉说，“我们难道也要因为这根象牙而互相残杀？”

“它会说话吗？”莫格利小声说，“我把这象牙扔掉是不是做错了呢？这东西对我俩没有损害，因为我们对人类渴望的那些东西不感兴趣。如果继续把它留在这里，一定会杀死更多的人。虽然我对人类没什么感情，但是我不想看到一晚上就有六个人因为它而死。”

“这有什么要紧？他们还以互相残杀为乐呢。”巴依拉说。

“他们只不过是弱小的人类罢了。这一切都是我的错。”莫格利说，“我再也不会把奇怪的东西带到丛林里来了。我必须把这个东西送回白眼镜蛇那里去。但是我们得先睡觉，而在此之前我们必须先把这象牙给埋了，以免它再去害人。”

“小兄弟，这象牙本身没有错，这都是那些人类的错。”

“都是一样的。”莫格利说，“我们挖一个深一点儿的洞把象牙埋起来。等我们睡醒了再取出来还给白眼镜蛇。”

两个晚上后，白眼镜蛇因为宝库中的财宝被抢走而感到羞愧，正独自唉声叹气。突然有一个镶满绿松石的东西穿过墙上的洞，插到了满是金币的地上。

“眼镜蛇之父啊，”莫格利小心地靠在墙的另一侧说，“你去找一个年轻的同伴来守卫国王的宝库吧，别再让人活着从这里走出去了。”

“啊！它又回来了。我说过这东西会带来死亡。你怎么会还活着呢？”白眼镜蛇含含糊糊地说，同时激动地用身体把象牙的手柄裹了起来。

“我可以对着那头买下我性命的公牛起誓，我也不知道原因！这东西一晚上杀死了六个人，别再把它放出去了。”

莫格利离开宝库时都没有再看一眼象牙，现在他知道巴依拉为什么总是重复提醒他人类的贪婪有多么可怕了，这片平静的丛林不应该出现这样可怕的东西，它会让丛林居民不再为拥有丛林而满足，会让人类变成野兽。莫格利可不想再看到像那年干旱时一样死气沉沉的丛林。

“巴依拉，我有些害怕。”莫格利说。

“我的人孩，象牙我们已经还回去了，你害怕什么呢？”

“我现在依然是丛林的自由居民，你们曾经说过我最终将会回到人群中去，如果真有那么一天，我是否也会变成那些犯错的人类呢？”

“真想不到可以从你的口中听到这样的话，我为你感到骄傲，我的人孩，当你已经知道这件事情是错误的，那么我相信你会知道这件错事将会带来多么严重的后果。因为会犯错的人从来不会知道自己在犯错，他们只知道满足一己私欲，从来不考虑后果。”

莫格利和巴依拉走在丛林中，阳光从树叶的缝隙中一点儿一点儿照在了小道上，国王的宝库已经被他们丢在了身后。那座宝库将在城堡的废墟中被遗忘，莫格利希望那座宝库永远不再出现在人们眼前。

回到丛林后，莫格利告诉卡奥和巴依拉，要一起保守关于象牙和那座宝库的秘密，卡奥和巴依拉都同意这个约定。也许是因为“白头巾”找到了一位尽职尽责的守护人，那座宝库至今没被人们发现。如果关于宝库的秘密不小心被聪明的你发现了，请你也一起守住这个秘密。

红毛狗

进入丛林后，莫格利的快乐生活便开始了。整个丛林里的居民都是莫格利的朋友，就是有时候他们有点儿怕他。莫格利从一个兽群移动到另一个兽群，这一过程中的所见所闻足以编写出很多故事，每个故事都跟现在要讲的差不多长。不过我们每次都得讲一个完整的故事。

还有一些故事，也许莫格利并不想让更多的人知道。他曾经对付过一头突然发疯的大象，那头疯象闯进了向国库送银币的车队中，杀掉了拉车的二十二头牛，当时车队混乱，地上撒满了闪闪发光的银币，莫格利发现后便阻止了这场闹剧，但处理过程不为人知。莫格利随身携带的小刀断了，那时他与一头鳄鱼在沼泽地里整整搏斗了一夜，由于鳄鱼背上的鳞甲太过坚硬，战斗中莫格利的小刀便断了。不久之后，莫格利又从一个被野猪袭击死亡的人类那里获得了一把新刀，但他并不白拿，他靠着追踪技巧顺利地找到了那头野猪，并用野猪的性命报答了那个人类的赠刀之情。莫格利的丛林生活可谓精彩纷呈，我们所讲的不过是冰山一角，也许你会好奇有关他的其他故事，那么现在所讲的这个故事你会很感兴趣。

狼爸爸和狼妈妈死了，莫格利将一块大圆石推到了他们的洞穴门口，大声唱了“死亡之歌”。巴卢已经十分苍老了，身体也变得僵硬，就连身体强壮的巴依拉在捕猎的时候也变得不如以前迅猛。昂科拉的毛发由灰色变成了乳白色，他已经瘦得皮包骨了，莫格利在为他打猎。山里那些幼狼，他们是西里山狼群的孩子，数量不断增多，现在已经有大约四十只了，由于没有首领，狼群便散伙了。这群幼狼在五岁的时候声音开始变得洪亮，脚上的毛也褪干净了。昂科拉告诉狼群，他们应该聚集到一起，遵守丛林法则，并且选出一个首领，只有这样才能算自由居民。

这不是莫格利关心的问题。但是当法奥那的儿子法奥（法奥那的父亲是灰色追踪者，也就是灰大哥）当上了狼群的首领时，根据丛林法则，古老的呼唤和歌谣要再次在星光下响起，莫格利便来到会议岩怀旧，他决定在歌声结束后跟狼群最后说几句话。莫格利坐在昂科拉的旁边，那个位置就在法奥上方的岩石上。顺利打猎和好好睡觉的日子多么令人怀念。没有陌生人闯入属于莫格利的丛林，因此他们过得很惬意。

狼群里的小狼个个养得膘肥体壮，他们的毛发柔顺光滑。当这些小狼到了遵循丛林法则接受考察的时候，莫格利是必然要参加这个考察仪式的，不过现在的他是考察官，不再是被考察的幼崽了，他总是会想起黑豹巴依拉将他推进狼群的那个夜晚。除了这些与狼群有交集的时刻，他还常常与四位兄弟在丛林中捕猎游玩，他喜欢与四位兄弟在丛林中探险的感觉。

有一天黄昏，莫格利悠闲地穿过山地，将自己捕杀的半只雄鹿带给昂科拉。那四个狼兄弟在后面慢跑着，好不快活。就在那时，莫格利听到了一声叫喊，自从希尔汗死后，他还没有听到过如此可怕的声音。那声音是豺狗嘴里发出来的，也许他正跟在一只老虎后面捕猎，或者是准备大开杀戒。如果你能想象一种憎恨、胜利、恐惧和绝望交织在一起的场景，那你便能感受到豺狗那可怕的声音。四兄弟听到这惨烈的声音时，立马就停下了脚步，他们背上的毛发都竖了起来，那声音并没有停歇，于是他们仰起头嚎叫起来。此时莫格利准备掏出刀，但是又停住了。

“那个身上有条纹的家伙不会在这里捕杀吧？”莫格利说。

“那不是他的叫声。”灰大哥回答说，“这是某种大捕杀。你听！”

那可怕的叫声又出现了，没一会儿那声音由简单的嚎叫变成了连续的狂吠。莫格利觉得丛林中将要有大事发生，于是立刻跑向了会议岩。狼群中的公狼们全部跑到了会议岩集合，母狼们则领着狼崽跑回了狼窝，毕竟幼崽在这种危险的场面中是很容易受伤的。黑暗在丛林中穿梭，晚风在抚慰着颤抖的树枝，没有一个丛林居民在意今天晚上是否有月光与星辰。河对岸突然响起一声悲怆的狼叫声，凭着灵敏的听力，会议岩上的公狼们判断那不是西里山狼群中的狼，那只狼再次发出了悠长、绝望的嚎叫，那声音提醒着丛林居民们，是野狗来了。不久后岩石上传来了一阵疲惫且无力的脚步声，那声音的主人受伤了，一只瘦骨嶙峋的孤狼跑进了狼群之中，他躺倒在莫格利脚边，身上有一道明显的血痕，右前爪已经废了，下巴上都是从嘴里吐出的白沫。

“祝你打猎顺利！你的首领是谁？”法奥严肃地说。

“祝你打猎顺利！我是温托拉。”他的回答表明他是独自行动的。温托拉是一匹来自南方偏僻山洞的狼，他没有所属狼群，平日里他都是自己养活自己和家人，他有一位伴侣和三个孩子。说完自己来历的温托拉尝试站起来，但他已经虚弱得无法使唤四肢，站起来便左右摇晃，他只能勉强伏在地上。

“是什么动物在迁徙？”法奥问道。这个问题是所有丛林民众在听到豺狗的叫声后都想问的。

“是野狗，德堪的野狗——红毛狗，他们就是杀手！他们从南方来，德堪已经空了，他们一路屠杀过来，我的四个家人都被他们杀死了。我的伴侣常常在草原上教三个孩子怎么隐藏和捕杀猎物，新月初升的晚上，她依然带着孩子出门去了，半夜时我还能听到他们回荡在草原上欢快捕猎的叫声，清早我出门去寻找他们时，他们四个已经躺在了草丛中，没有一丝生气。我得知凶手是那群红毛狗后，就一路追踪到了这儿。”

“他们一共有多少只？”莫格利急忙问道。温托拉发出特别低沉的声音：“我不知道。我只知道他们中有三只不想再猎杀了，但是他们像追赶雄鹿一样对我穷追不舍，我的右前腿就是那时候残废了的。看看吧，自由兽民！”

他向会议岩上的狼群们展示那血肉模糊的伤口，他的喉咙被抓破了，他前爪伤口上的血迹已经凝固成黑色，他的侧腹部也有曾经被红毛狗撕咬的痕迹。

“吃吧。”昂科拉把莫格利带来的肉拿到他面前，他一下就扑了上去。

“这不会被浪费的，等我恢复一点儿力气，我就能再度捕猎了。我的家已经空了，我的血债还没有偿还。”

法奥说：“那些野狗有幼崽吗？”

“没，没有。他们都是红毛狗，因为他们在德堪以蜥蜴为食，因而身强力壮。”

那些红毛狗没有狼的个头儿大，也并不比狼机智，但他们胜在比狼强壮，数量众多。狼群最多由四十只狼组成，红毛狗群却由上百只红毛狗组成，如果没有上百名成员，这些红毛狗都不会将自己的队伍称之为“群”，这样庞大的队伍就算是遇到老虎，老虎也只能把口中的猎物拱手相送。哈迪曾经告诉过莫格利，一群捕猎的红毛野狗有多么可怕，这群野心家所到之处只有抢劫和杀戮，没有什么能阻止他们。莫格利并不喜欢红毛狗，他曾经四处流浪，在德堪见过这群令人生畏的野心家，这群红毛狗不仅长着令人生厌的毛发，他们身上还有与自由居民不同的气味，他们藐视一切，到处横行霸道，这和遵守丛林规则的西里山狼群一点儿都不一样。

昂科拉对野狗也有所了解，他悄悄对莫格利说：“在狼群中死掉要比独自活着好。这会是一次顺利的捕猎，也将是我最后一次捕猎。小兄弟，你去北边躺下，如果在这些野狗走后我们还有活口，那么他将把战斗的消息告诉你。”

“啊，”莫格利非常严肃地说，“当我们的狼群在战斗的时候，我却要去沼泽地里捉几条小鱼然后到树上睡觉，或者去请猴子帮忙砸开坚果？”

“这是生死攸关的事情，不是闹着玩的。”昂科拉说，“你从来没有遇到过野狗，他们是红毛杀手，就算是身上有条纹的家伙也……”

“啊呜！啊呜！”莫格利生气地说道，“我曾经杀死过一只带条纹的老虎，我很确定希尔汗会留下自己的同伴让他们对付野狗，而他自己却去找肉吃。听着，曾经有一匹狼，也就是我的父亲，还有另外一匹狼，也就是我的母亲，所以，我……”

他提高了音调说：“我是说当野狗过来的时候，如果他们过来的话，莫格利和‘自由兽民’一定会团结起来一起战斗。我以那头买下我的公牛起誓，树木和河流都能做证，我的小刀会成为尖利的牙齿刺向野狗的心脏。这就是我许下的诺言。”

“你不了解野狗，况且你是一个会狼语的人类。”温托拉说，“我只想在他们把我撕成碎片之前讨回这笔血债。他们迁徙得很缓慢，都是边走边捕猎，所以等几天后，我恢复力气再去找他们报仇也不迟。不过你们这些自由兽民暂时可以往北方去吃点儿东西，直到那些野狗离开。在这次捕猎中可没有什么肉吃。”

“你们听到他说的了吧！”莫格利笑着说，“自由兽民们，他让我们到北方去当逃避野狗的‘懦夫’，那些野狗会占领我们的捕猎区域，把属于我们的猎物全部吃掉，而我们只能在北方的河堤挖蜥蜴和老鼠来吃。我们只能躲在北方，为什么要让他们夺走我们自己的东西呢？他们只是野狗——红色的毛，黄色的肚子，无家可归。现在你们自己决定吧，为了我们所有的兽群，为了我们的家，战斗吧！”

“战斗！”狼群用深沉的声音回答，这声音就像一棵大树在黑夜轰然倒塌。

“与狼群待在一起！”莫格利对他的四个狼兄弟说，“我们需要团结一切力量。法奥和昂科拉必须准备战斗。我去侦察一下野狗的数量。”

“这是去送死！”温托拉大喊，“你这个乳臭未干的家伙怎么能对抗红毛狗呢？”

“你确实不太了解我。”莫格利回应道，“不过还是等野狗们死了，我们再庆祝吧。祝打猎顺利！”

莫格利兴奋极了，都不管自己要朝哪个方向去，就急匆匆冲进了夜幕之中。当然，这样做的结果是被卡奥那巨大的身体给绊住了。那条大蟒蛇正趴在河边盯着一头鹿。

“喂！”卡奥生气地喊道，“妨碍夜间狩猎也是丛林的规则吗？尤其是在狩猎进行得很顺利的时候。”

“这是我的错。”莫格利爬起来说。

“我确实在找你，扁脑袋，我们每次见面，你的身体都比上一次更长了。丛林里没有谁像你一样智慧、年长、强壮且美丽了，卡奥。”莫格利把晚上发生的一切都告诉了卡奥。

说实话，卡奥有些不想接受这个人孩的甜言蜜语，因为一个月前他俩还在闹矛盾。那时莫格利正在捕捉野鹿，卡奥正在鹿群附近睡觉，莫格利看到卡奥后，便用小石子砸醒了卡奥，他想让卡奥帮忙把野鹿群围住，结果被吓醒的卡奥并没有听到人孩说什么，反而把鹿群冲散，给野鹿群逃生让开了路，人孩很生气，用“树猫”等难听的话骂了卡奥。但卡奥真心喜欢这个人孩，现在莫格利找他说话，他还是将自己的身躯盘成了座椅，让莫格利尽可能舒服地躺在自己身上，卡奥则把头放在了莫格利肩上，静静听着人孩说着今晚闯入丛林的红毛野狗的事。

“我或许有智慧，”卡奥说，“但是我耳聋。不然我就能听到野狗的声音了。他们一共有多少只？”

“我现在还没看到呢。这会是一次顺利的狩猎，不过我们之中没几个能看到下一次的月亮了。”

“你也要参与这次狩猎？你要记住你是一个人，也不要忘了是哪个种群把你驱逐出来了。让狼群自己去对付野狗吧。你是人类。”

莫格利说：“我确实是一个人，但是今晚我曾说过自己是一匹狼。我会在河流和树林间留下我身为自由居民的足迹，直到野狗离开这里，卡奥。”

“自由居民？”卡奥嘟囔着说，“我看是自由的贼！你把自己系在死亡的绳索上是为了纪念那些死去的狼？这可不是什么好的狩猎。”

“这是我许下的诺言。树木和河流都可以做证。在那些野狗走之前，我是不会收回我的承诺的。”

“嗞！这会改变所有的计划。我本想带着你去北方的沼泽地，但是因为你的承诺——即便是微不足道的承诺，那也是一个承诺。现在，我，卡奥，说……”

“好好想想，扁脑袋，以免把你自己也系在了死亡的绳索上。我不需要你的承诺，因为我很清楚……”

“那就这样吧。”卡奥说，“我不会做出承诺的，不过当野狗到来之时，你会怎么做呢？”

“他们一定会游过韦根加河。我打算拿着我的小刀在暗处对付他们，狼群在我后面埋伏着，然后我们便开始攻击他们，只有这样我们才可能把他们赶到下游去，或者让他们的嗓子冷静下来。”

“野狗不到下游去，他们的嗓子就不会冷静下来。”卡奥说，“这场狩猎结束的时候，可能就不会有小孩子和狼幼崽了，只剩下干枯的骨头了。”

“哎呀！我们可能会和死神相遇，不过没关系，这会是一次最好的狩猎。但是我还小，还没有经历太多的风雨。我既不聪明也不强壮。你有更好的计划吗，卡奥？我们从来没有碰到过野狗。”

“这种事情是发生过的。那些即将发生的事情不过是那些被人忘却的岁月又回来了而已。在我回忆往事的时候千万不要出声。”

莫格利躺在卡奥身上好长一段时间了，有些昏昏欲睡，卡奥只是静静地回忆着从出生到现在的往事，一动不动，他的瞳孔似乎只是镶嵌在脸上的装饰物，那里面没有任何光彩。莫格利还是小憩了一下，因为即将到来的战斗将会消耗他所有精力。不久后，他突然听到了卡奥发出尖锐的呲声，那呲声就像英勇的战士决斗前拔刀的声音。莫格利感觉到卡奥的背部变得越来越大，越来越宽。

卡奥最后终于说话了：“现在我们要去河边，我要让你看看我们该怎么对付野狗。”

话音刚落，卡奥就像一支箭一样笔直朝韦根加河的主河道奔去，然后从和平岩上游一头扎进水里，莫格利跟在他旁边。

“别，别游泳。我游得特别快。小兄弟，你爬到我的背上来。”

莫格利用左手环住卡奥的脖子，右手搭在了卡奥身上，伸直了双脚。然后卡奥便随着水流游动。在离和平岩一两英里的地方，河道开始变窄，水流变得湍急。不过莫格利并不怕水，他看着河两岸的峡谷，不安地嗅着，因为空气中有一种甜酸的味道，跟大热天时大蚂蚁山的味道十分相似。他本能地潜入水中，只是时不时露出头透透气，而卡奥则将自己的尾巴在一块没入水中的岩石上绕了两圈。水流继续向前流去。

“这里是‘死亡之地’。”莫格利说。“我们为什么要来这儿？”

“小小居民们睡着了。”卡奥说，“哈迪不会给带条纹的家伙让路，但是他和带条纹的家伙都会给野狗让路。野狗说他们是不会给任何东西让路的，但是岩石上的小小居民会为谁让路呢？丛林的主人，告诉我，谁才是丛林真正的主人？”

“他们。”莫格利低声说道，“这里是死亡之地，我们走吧。”

“不，当心点儿，他们正在睡觉。”

丛林诞生之初，那些小小居民就在韦根加河峡谷的裂缝和风化的岩石上飞来飞去，他们就是忙碌而凶残的印度黑野蜂。

莫格利非常明白，无论是人还是丛林中的野兽，都不敢招惹这些印度黑野蜂。这些小小居民已经在这个峡谷生活了千百年，峡谷高处的岩洞内都是他们的蜂房，陈蜜将蜂房与岩石缝隙紧密地缝合了起来，从远处看，岩石上好像挂着许多闪闪发光的黑色绒幕。丛林居民都知道，这些蜂房里有数百万的黑野蜂，从这里经过是多么危险的一件事，因此丛林居民经过这里时往往绕道而行，距离峡谷半英里路的范围内，除了黑野蜂，几乎不会出现其他生物的身影，即使出现了，那些生物也很难逃出生天。

卡奥逆流而上，来到了峡谷上游的一片河滩上。

“看啊！”他说，“这是这个季节被黑野蜂杀死的动物。”

河岸上躺着一对幼鹿和一头水牛的骨架。莫格利可以看出，不管是狼还是豺狗都不曾动过那些骨头。

“他们越过了那条线，他们不懂丛林法则，”莫格利喃喃说道，“所以那些小小居民杀了他们。我们走吧，不然小小居民该醒过来了。”

“要到天亮他们才会醒过来。”卡奥说，“现在我要告诉你很久很久以前发生的一件事。那时候有一头雄鹿从南方来到这里，他对丛林一无所知，所以被一个兽群跟踪了。他被恐惧蒙蔽了双眼，真的是走投无路了。那时候太阳已经升得老高了，小小居民数量众多且愤怒无比，追赶雄鹿的兽群纷纷跳进韦根加河，但是他们还没呛到水就死掉了。那些还没跳进河里的野兽也死在了岩石上面。但是那头雄鹿活下来了。”

“怎么会？”

“因为他是第一个跑出来的，他为了活命而拼命奔跑，那些小小居民还没反应过来的时候，他就已经跳进了河里。跟在他后面的兽群就没这么好运气了，他们全被小小居民蜇死了。”

“那头雄鹿活下来了？”莫格利缓慢地重复问了一遍。

“至少在那个时候没死。你现在有什么打算？”卡奥把头靠近莫格利的耳朵，莫格利没多久就回答了他的问题。

“这真是拔死神的胡须。不过卡奥,你的确是丛林里最聪明的人。”

“很多人都这么说。要是现在野狗跟着你……”

“他们当然会跟着我。嚯！嚯！我的舌头下面有很多小刺，能刺进他们的皮。”

“要是他们盲目地跟着你，只顾眼前不顾四周，那么当他们口渴，在这块岩石周边的浅水喝水时，小小居民们会聚集起来将他们蜇死。现在韦根加河缺水严重，所以我也没法游过去抓住他们。他们会往下游去，要是他们能活着走到西里山洞穴附近的浅滩，那么你们狼群就可以咬住他们的喉咙对付他们了。”

“哇！现在旱季不下雨真是再好不过了。我会让那些野狗认识我，那样他们就会紧紧跟在我后头了。”

“你看到你上面的岩石了吗？你从面向陆地的那一侧看。”

“我没看到。”

“过去看看。这是一片泥泞的陆地，到处都是裂痕和洞坑。如果你没仔细看，你的笨脚便会踩进去，那样的话这次狩猎也就结束了。听着，我把你留在这里，为了你，我愿意去给你的狼群传话，这样他们就知道在哪里能够找到那些野狗了。我与任何狼都不是朋友。”

卡奥顺着河流往下游，法奥和昂科拉正在那块岩石上倾听夜晚的喧嚣，他们三个相遇了。

“咝。”卡奥兴奋地说，“那些野狗会到下游来。如果你们不害怕的话，你们可以在浅滩杀死他们。”

“他们什么时候来？”法奥问。

“我的人孩莫格利在哪儿？”昂科拉问。

“他们该来的时候就来了，等着瞧吧。”卡奥说，“至于你的人孩，你们不是从他那里得到一个承诺了吗？被送到死神面前的人孩现在跟我在一起，如果他没有死，你们就不用为他的死亡而感到愧疚了。在这儿等着野狗的到来吧，你们应该为人孩和我即将和你们一起战斗而感到高兴。”

卡奥又朝上游游去，他在那个细长的峡谷中间停下了。他抬头看了看悬崖的轮廓，看到莫格利的头在星星下移动，接着又传来飕飕的声音，只见一个敏捷、清晰的身影，下一秒便躺在卡奥的身体上休息了。

莫格利安静地说：“我在上面跳了两次，那里真是一个危险的地方，低矮的灌木丛和小道通到很深的地方，里面全都是小小居民。我在三条小道旁堆砌了一些大石头。这样在我跑的时候就可以把石头一块块踢下去，小小居民就会在我身后怒气冲冲地聚集起来了。”

“人类真是狡猾。”卡奥说，“你很聪明，不过小小居民总是怒气冲冲的。”

“黄昏的时候，小小居民扑腾的翅膀会停下来休息一会儿。我会在黄昏的时候逗那些野狗玩，因为黄昏不是他们一天捕猎的最佳时刻。他们现在正跟着温托拉的血迹走呢。”

“野狗不会跟丢那血迹的。”卡奥说。

“我要用他们自己的血给他们铺一条新的血迹。卡奥，你会一直待在这里直到我把那些野狗引过来吧？”

“啊，要是他们在丛林里把你杀死了，或者在你跳过河流之前小小居民就把你蜇死了该怎么办呢？”

“明天到来的时候，我们就为明天捕猎。”莫格利引用了一句丛林谚语后继续说，“当我死亡之时便是唱起‘死亡之歌’之日。祝打猎顺利，卡奥！”

说完他便松开搂住大蟒蛇脖子的手臂，独自朝着峡谷走去。正如莫格利所说，没有什么事情比“拔死神的胡须”，让整个丛林都知道他是丛林的最高统治者更令人开心了。他经常在巴卢的帮助下去树上抢夺蜂窝，也知道小小居民讨厌野蒜的味道。所以他采了一小包野蒜，并用一条树皮绳将其扎紧，接着便循着温托拉的血迹走去。

“我曾经是青蛙莫格利，”他自言自语道，“之前我说过我是狼莫格利，现在在我成为雄鹿莫格利之前，我必须是猿猴莫格利。我最终会成为人类莫格利。”他用大拇指沿着那把八英寸的刀抹去。

温托拉的血迹一直延伸到距离野蜂岩不到两英里的地方。那里是一片向东北方向延伸的茂密森林，莫格利站在这片森林的树下望向蜂房所在的位置，他在判断这片森林最后一棵树到蜂房的距离。对付那群红毛野狗之前，他还需要对这片森林足够熟悉，于是他在树下小跑着，时不时在树干上攀爬跳跃，他绕着这片森林足足研究了一个小时。莫格利在刚刚没有探查过的地方发现了温托拉的足迹，随后莫格利便坐到了一棵树上，那树还向外延伸出了一根离地近八英尺的树枝。莫格利坐在那里一动不动，又似乎在用脚掌磨刀，还唱起了歌。

中午到来之前，太阳已经十分暖和了。莫格利听到了急促的脚步声并且闻到了野狗的气味。从树上往下看，红毛狗还不足狼的一半大，不过莫格利很清楚他们的脚和下巴是多么有力。莫格利盯着一个低头闻着血迹的头领，对他说了声“祝打猎顺利！”

那只凶猛的野狗抬起头，他的一众随从也在他身后停了下来，在莫格利下方大大小小一共聚集了两百只野狗。莫格利能够看出他们的头领正在饥渴地嗅着温托拉的足迹，并且试图将野狗群带向前方。莫格利打算拖住他们，最好把他们都困在树下，直到太阳下山。

“谁允许你们到这儿来的？”莫格利问。

“整个丛林都是我们的。”一条野狗龇牙咧嘴地回答。

莫格利微笑看着下面，模仿德堪的老鼠发出刺耳的叫声。野狗群紧紧围绕着莫格利所在的那棵树，他们的头领狂吠着，说莫格利是树猴。莫格利向下伸出一只光溜溜的脚，并用脚趾踩在了野狗头领的头上。这已经足够了，因为野狗群已经发怒了。头领准备跳起来咬莫格利的脚时，他迅速躲开了，还挑衅说：“红毛狗，滚回德堪吃蜥蜴去。红毛狗！脚趾间长毛的家伙！”他再次晃动了自己光溜溜的脚趾。

“没毛的猴子，有本事你给我下来，否则我们让你在上面饿死！”野狗群叫嚷着，这正是莫格利想要的效果。躺在树枝上，下巴靠在树皮上，右臂晃来晃去，莫格利把自己对野狗的看法全告诉了他们。莫格利故意刺激这些野狗，激怒他们，让他们反应强烈。期间，莫格利一直把刀放在身边，时刻准备着应对危险。

野狗头领几乎要发狂了，不断地往上跳，但是莫格利不敢冒险还击。最终，野狗头领以超常的力气一跃七八英尺高。莫格利的手像树蛇的头一样，一把抓住了他的后颈，野狗的重量差点让莫格利从树上掉下来，但是好在他一直不松手，把野狗头领拖上了树。莫格利左手摸出刀，一把割下了他那毛茸茸的红尾巴，然后又把他扔回地上去了。野狗群怒了，在杀死莫格利或者莫格利杀死他们之前，他们不会再追踪温托拉的血迹了，这就是莫格利想要的效果。莫格利看见他们颤抖地围成一圈，这表明他们会留下来对付自己。所以他爬到更高的树上，舒舒服服靠着树干睡着了。

四五个钟头后莫格利醒了过来，数了数野狗的数量。他们都聚集在这里，一声不吭，眼睛里都是杀气。太阳快要下山了，再过半小时岩石上的小小居民就要回到巢穴休息了。而且据莫格利所知，野狗在黄昏的时候战斗力不强。

“我不需要这么忠诚的守卫。”莫格利从树枝上站起来礼貌地说，“但是我会记住你们的。你们是忠诚的野狗，但是我觉得你们作为一个种群数量太多了。因此我不会把那只吃蜥蜴的大野狗的尾巴还给他了。你们是不是不开心啊，红毛狗？”

“我一定要把你大卸八块！”野狗头领愤怒地抓着树根说。

“不可能。想想吧，德堪聪明的红色老鼠。如果你们想不出来不能打败我的原因，那么将会有更多没有尾巴的红毛狗出现，到那时，你们的屁股可是会被发烫的沙子灼痛的。回家吧，红毛狗，你们就说这是一只猴子干的。你们不想走？那就到我这儿来，我会让你们变得非常聪明的！”

莫格利像猴子一样从一棵树跳到另一棵树，野狗们一直跟着。莫格利还假装要掉下来，那些野狗一心想把他咬死，因此一只撞到另一只身上，相继绊倒。从旁观者的角度看来，那是一种奇妙的丛林景象——一个人孩拿着锋利的小刀在树枝间上蹿下跳，夕阳的余晖悄悄潜入丛林，照得森林一片橙红，沾染了橙红色的还有人孩手中的小刀，那把小刀偶尔还忽闪着宝石似的亮光，树下是一群红色皮毛的野狗，他们就像疯了一样追着人孩狂奔，直至这片森林的尽头。莫格利站在最后一棵树上，用野蒜把全身上下都抹了一遍，野狗们在底下嘲笑：“长着狼舌头的猴子，你是想盖住你身上的味道吗？我们一定要跟你跟到底。”

“收好你的尾巴。”莫格利说着便把那尾巴扔了下去。野狗群本能地向尾巴冲去。

“现在就跟我跟到底吧。”莫格利从树干上滑下来，像一阵风一样光着脚朝野蜂岩跑去了。

野狗群发出深沉的嚎叫，然后便跟着莫格利跑过去了。莫格利知道野狗奔跑的速度比狼群慢多了，否则的话就不会冒险在众目睽睽之下跑上一两英里了。野狗们确信男孩最终会落入他们手中，而莫格利确信自己能拖住野狗群。他要做的就是让野狗群紧紧跟着自己。他靠耳朵判断野狗与自己的距离，以保存体力对野蜂岩做最后的冲刺。

因为这个季节没有晚上开的花，所以小小居民们在太阳一下山的时候就回去睡觉了。当莫格利刚踏入野蜂的领地时，便听到了嗡嗡的声音。于是他用尽全力奔跑，并把之前堆的那些石头一股脑踢到了黑漆漆且散发着甜酸味的水沟里。接着他听到一阵如同海水咆哮般的轰鸣，看到自己身后聚集了黑压压一群野蜂，他还看见远处韦根加河的水流以及水中那个扁平的菱形脑袋。莫格利使出全身的力气朝外纵身一跃，那条失去尾巴的野狗在半空中朝他的肩膀咬去，好在他的双脚先安全落到了河里，虽然已经气喘吁吁，但是莫格利却露出了胜利的姿态。由于身上抹了野蒜，莫格利没有被小小居民蜇到。等浮出水面的时候，卡奥稳稳地将他绕住了。

从悬崖边缘掉下来了很多东西——全是大块大块的，似乎是野蜂聚集起来陡然下坠，还好在那些大块要接触水面之前，那些野蜂就飞走了，只留下一具具野狗的尸体在水中旋转着，顺着河流漂走了。头顶上还有喧嚣的叫声，那是岩石上的小小居民在扑扇翅膀。一些野狗掉进了水沟，还有一些被野蜂蜇了跳下悬崖，他们大多被蜇得发了狂，自己跳进了河里。

卡奥牢牢卷住莫格利，直到莫格利平复了呼吸。

莫格利对卡奥说："小小居民已经被惹怒了，我们不必待在这儿了，走！"峡谷间都是起伏似波浪的黑野蜂，这些小小居民的蜂鸣声足以淹没野狗的呼救声。卡奥说："不，再等等，那些野狗并不会如此愚蠢，再说野蜂的毒刺比不上眼镜蛇的毒牙，也许你今天晚上可以捕猎一整夜了。”

有近一半的野狗看着自己的同伴冲进了河里，他们便很快转移到另一边，接着也跳进了水中。他们朝着他们的猎物——那只让他们饱受屈辱的“树猴”大吼大叫。每条野狗都明白，留在岸上就只有死路一条。他们迅速沿着河流移动，愤怒的小小居民也紧随其后，并逼迫他们待在水里。莫格利能听到那条失了尾巴的野狗头领要求他的同伴坚持住，并要杀死西里山的每一匹狼。不过莫格利已经不想浪费时间听这些了。

莫格利在黑夜的河流中潜行，他悄悄游到一只在水面逃亡的野狗身后，将那只野狗猛地拖入了水中，那只野狗还没来得及呼救就消失在了河面，片刻后又轻飘飘地浮出了水面，毫无挣扎顺着河流远去了。随后，很多野狗都悄无声息地顺着河水漂向了下游。等野狗群发现莫格利的存在而想在水中掉头时，他们已经错失了良机，这会儿水流湍急，后面还有一路紧跟的黑野蜂，野狗群开始慌乱了，有的高喊着要上岸，有的则让首领带他们回德堪去。

卡奥对伏击结束的莫格利说：“剩下的野狗正在跟你的兄弟们厮杀。小小居民们已经回去休息了，他们追得够远了，现在我也要回去了，因为我不是任何狼的朋友。祝打猎顺利，小兄弟。记住，野狗咬人的时候是不会出声的。”

一匹三条腿的狼沿着河岸跑来，他上蹿下跳，以头贴地，弓起背往空中一蹿，就像在跟自己的幼崽玩耍一样。他就是温托拉，他一言不发，但还是继续在野狗旁边做那些奇怪的动作。野狗们在水里待了很长时间，由于皮毛已经被水浸透，他们的身体变得十分沉重，之前还毛茸茸的尾巴现在就像海绵似的耷拉着，他们疲惫极了，已经没有力气了，他们的身子一直颤抖着，沉默地盯着岸上那双向前移动的锐利的眼睛。

“这不是一次顺利的狩猎。”其中一条野狗喘着粗气说。

“祝打猎顺利！”莫格利说，接着他便在野狗旁边大胆地站了起来，收起了小刀并快速朝前走去，以避开那条垂死的野狗的追咬。

“是你吗，人孩？”温托拉在河对岸问道。

莫格利回答说：“不是我还能是谁？我让那些野狗吃了一嘴泥，白天的时候我就捉弄了他们，他们的头领还被我割掉了尾巴。不过现在还是给你留了几只。我要把他们赶到哪里去？”

“我就在这儿等着。”温托拉说，“黑夜就在我前面。”

西里山狼群的叫声越来越近：“为了狼群，为了整个丛林，战斗吧！”此时野狗们被冲到了沙子里和狼窝对面的浅滩上。

一场漫长的战斗开始了，狼群和野狗们混战着，虽然野狗的数量比狼多，但是他们面对的是为狼群殊死一战的狼，不仅有强壮的狼猎手，还有眼神幽怨的狼妈妈，正如谚语所说，她们为了自己的幼崽而战。小狼崽时不时跟在她们身边，有时也会在一旁厮打。狼在战斗时攻击的是对方的喉咙或者身体的两侧，而野狗则优先咬对方的肚子。当野狗从水里挣扎出来露出头时，狼就有机会了；相反，和站在干土地上的野狗搏斗，狼就有罪受了。不过不论是在水里还是在岸上，莫格利的小刀一刻也没有停歇。莫格利的四个狼兄弟来到他的身旁。灰大哥弓着身子在莫格利双膝之间，以保护他的腹部免受攻击，其余的狼则保护他身后以及两侧。狼群和野狗群混战成一团，其间有四五只血肉模糊的野狗被抛到半空中，那些野狗落到地上爬起来后又奋力冲回到中间去；一只单独作战的狼被两三只野狗扑倒，他吃力地拖着野狗朝前走，但很快就倒了下去；一只死去的狼崽子被周围的狼和野狗挤到了半空中，他的母亲因此发了疯，来回扭动，翻滚着冲了过去。莫格利经过了昂科拉身边，那时昂科拉两侧各有一条野狗，而他正用牙齿快掉光的嘴死死咬住第三只野狗的腰部。莫格利看到法奥的时候，他的牙齿正咬着一只野狗的喉咙，并一直拖拽着野狗，直到连一岁大的狼崽子都能把那野狗弄死时，法奥才松了口。混战还在继续，天渐渐亮了，野狗们变得害怕了，不敢去攻击比他们更强壮的狼群，也不敢逃跑。莫格利感觉这场战斗马上就要结束了，那些一岁大的狼崽子也愈战愈勇，莫格利甚至有时间停下来休息一下，跟朋友们搭上一两句话，但小刀还在挥舞，时而有一只野狗被抛到一边。

“都能看到肉里面的骨头了。”灰大哥叫嚷着，此时野狗头领身上多处负伤，血流不止。

“这是我的战利品！”那只狼皱着鼻子说，“把他留给我。”

“你的肚子还没填饱吗，温托拉？”莫格利说。虽然温托拉也受伤严重，但是他仍死死咬着野狗不放。

“我以那头赎买我的公牛起誓，”莫格利苦笑着说，“这就是那只没尾巴的狗！”

“杀掉狗崽子和母狗可不是什么明智的做法。”莫格利像个哲学家一样说道，他一边说一边擦掉了眼睛旁边的血迹。

“不过野狗也杀掉了温托拉的妻子和孩子。”

温托拉一言不发，只是用嘴紧紧咬住野狗头领背上的骨头。那野狗身体抖动一下后，头便垂了下去，然后就一动不动地躺下了。

“哈！你的大仇得报了。”莫格利说，“唱那首歌吧，温托拉。”

“他再也没法捕猎了。”灰大哥说，“昂科拉也要安静很长一段时间了。”

“血债就要血偿！”莫格利大声喊道，“报仇吧！我们不要放过任何一只野狗！”

说完莫格利便拿着刀飞速冲到河边，打算阻止野狗跳进河里。正在这时，他发现昂科拉鲜血淋漓的头从野狗堆里露了出来，莫格利跪在了那只孤狼的身边。

“我说过这是我最后一次捕猎。”昂科拉喘息着说，“这次打猎很顺利。你还好吧，小兄弟？”

“我好着呢，我杀了好几只野狗。”

“正是因为这样，如果我会死的话，我要死在你的身旁。小兄弟。”

莫格利把昂科拉那血肉模糊的头放到自己的膝上，用胳膊抱住了他那被野狗咬破的脖子。

“希尔汗横行霸道的日子已经过去很久了，那时候人孩还光着身子玩泥巴哩。”

“不，不，我是狼，是丛林里自由兽民的一员。”莫格利叫喊着，“我不愿意成为一个人。”

“你是一个人，小兄弟，你也是由我看管长大的小狼崽。如果你不是人的话，我们狼群早就在野狗面前逃之夭夭了。我的命是你救的，今天整个狼群的命也是你救的，就像曾经你的命是我救的一样。难道你忘了吗？你欠的债现在都还清了。回到你自己的种族那里去吧。我再跟你说一遍，这次打猎已经结束了，回到你自己的种族那里去吧。”

“我不会走的。我要在丛林里独自狩猎。我说过的。”

“赶紧回去吧，别让我们赶你走。”

“谁会赶我走？”

“莫格利会赶走莫格利。回到你的人群中去吧。”

“那就在莫格利赶莫格利的时候我再走。”莫格利回答道。

“现在我不想多说了。”昂科拉说，“小兄弟，你能扶我起来吗？我曾经是狼群的首领呢。”

莫格利轻轻把野狗的尸体移开，小心翼翼用双臂把昂科拉抱到自己的脚边，那匹孤狼长舒了一口气，开始唱起了“死亡之歌”。他继续唱着，歌声越来越大，一直飘到了很远的地方，他一直唱到了最后一句“祝打猎顺利”，然后挣脱莫格利往空中一跃，落在了最后被杀死的那只野狗身上。

莫格利把头靠在膝盖上，一动不动地坐着。狼群里有十五只公狼和六只母狼死在了河边，其余的狼也不同程度负伤。莫格利一直坐到了黎明，当法奥用湿润的红鼻子碰他的手时，他收回了手，然后指向了昂科拉的遗体。

“祝打猎顺利！”法奥说。就好像昂科拉仍然活着一样。然后他转过身对其他野兽说：“嚎叫吧，野狗！今夜一只伟大的狼死去了！”

但是，那两百只野狗中的幸存者没有一只把这句话带回了德堪，他们曾吹嘘整个丛林都属于他们，并声称没有什么东西能活着站在他们面前。

春天里的奔跑

在大战红毛狗后，昂科拉去世了，现在是他去世后的第二年，莫格利差不多十七岁了。他看上去老成了不少，高强度的运动、高品质的饮食，以及稍感炎热就下河洗澡的习惯，使他的力量增加了不少，并让他拥有了超过他年龄的体格。当他沿着树上的路线巡视时，他甚至能够单手在树顶上飞荡前行半小时。他可以拦截一头正在疾驰的年轻雄鹿，拎住他的头并扔到一旁。他甚至能猛然推翻一头生活在北方沼泽地里的青色大野猪。以前丛林里的居民都害怕他的智慧，如今还畏惧他的力量。每当他不露声色去办自己的事情时，沿途就有居民小声说上一句“他来了”，那时丛林里便会为他清出一条道来。但是他的眼神始终很温柔，即便是在打架的时候，他也不会像巴依拉那样眼神凶恶，他只会变得越来越饶有兴味和激动。这是巴依拉不明白的事情之一。

巴依拉问过莫格利这件事情，莫格利笑着说：“当我打猎失手的时候我会很生气；当我必须饿两天肚子的时候我也会很生气。我的眼神没有表露出来这些吗？”

“肚子饿了，”巴依拉说，“但是眼睛没有说出来。打猎、进食，或者游泳，你的眼神总是一个样——就像一块在阴天和雨天都没有变化的石头。”莫格利懒洋洋地看着他。像往常一样，豹子低下了头，巴依拉了解他的朋友。

他们躺在山坡上伸展着身体，看着韦根加河。他们下方的晨雾宛若白色和绿色的带子，随着太阳升起，它逐渐变成了金红色的海洋，不断翻腾着。远处的光线照了进来，使得莫格利和巴依拉休息的那片干草地染上了色彩。现在已是寒冷天气收尾的时候，草木凋零，风吹过的时候树林里簌簌作响。树叶的声响惊动了巴依拉，巴依拉深深吸了一口清晨的空气，干咳了几声后便往后一躺，两只前爪扑打着头顶那些晃动的树叶。

“季节交替，丛林继续前进了。新的时节快到了，连树叶也知道这一点儿。真好。”巴依拉轻喃着，语气与他强壮的身躯和一贯的刚硬脾气格格不入。

“草还枯萎着呢，”莫格利回答着并拔了一把草，“连春天的眼睛（一种喇叭形状的蜡质红花，生长于草丛中）都没有睁开呢。再说了，巴依拉，一只黑豹四脚朝天躺着，好像一只树猫一样，这样合适吗？”

“你刚刚说了什么？”巴依拉说，依旧心不在焉。

“我说，黑豹张着嘴咳嗽，又是嚎叫又是打滚儿，这样合适吗？记住，你和我是丛林的主人。”

“的确如此。我听着呢，人孩。”巴依拉急忙翻滚着坐了起来，他黑色的侧腹上皮毛斑驳，沾满了泥土（他正在换掉冬天的毛）。

“我们当然是丛林的主人！谁有莫格利强壮？谁有莫格利有智慧呢？”巴依拉故意拉长了腔调，声音显得很古怪，这让莫格利回头看他是否在跟自己开玩笑，因为丛林里有很多奇奇怪怪的反话。

“我说我们的的确确是丛林的主人。”巴依拉又复述了一遍，“难道我说错了吗？如果人孩将来厌倦了躺在地上的生活，那么他会飞吗？”

莫格利用膝盖托着胳膊肘，坐在坡上看着日光中的山谷。下方树林里的某个地方，一只鸟儿正在试着用沙哑的嗓子唱歌，那歌声是春日之歌的第一个音符，如笛声般悠扬。这只是前奏罢了，不过巴依拉已经听见了。

“我说了新的时节快到了吧。”黑豹摇着尾巴低声咆哮着说。

“我听到了。”莫格利回答，“巴依拉，为什么你在发抖？太阳很暖和啊。”

“那是费劳，一只深红色的啄木鸟。”巴依拉说。“他没有忘记他的歌曲。我也必须记得我的歌。”接着他便呼噜呼噜自己哼唱起来了，唱了一遍又一遍。

“附近没有猎物。”莫格利说。

“小兄弟，你两只耳朵都不好使了吗？这不是猎杀时唱的歌，这只是为应付那些不时之需的歌罢了。”

“我已经忘了，我本该知道新的时节是什么时候。因为到时候你和其他动物都会离开，只留下我一个。”莫格利没好气地说。

“不过，确实，小兄弟，”巴依拉说，“我们并不总是……”

“依我看，你们一直都是这样。”莫格利真的生起气来，伸出手指说道，“你们会一起离开这片丛林，而我这个丛林的主人却要独自行走。去年我想去人类的甘蔗地里收点儿甘蔗，结果呢？我派了个跑腿儿的——那个跑腿儿的就是你——你去找哈迪，叫他夜里过去用他的象鼻子拔甘蔗。”

“他不过晚去了两个晚上，”巴依拉有些畏缩，“因为你很喜欢那长长的甘蔗，所以他就多采了一些，即使你每晚不停地吃，那些甘蔗你吃上一个雨季都吃不完。那可不是我的错。”

“我叫他去的那晚他并没有去。那晚他在月光下奔跑着，像个喇叭一样叫吼着。他的足迹像三头大象走过的那么多，因为他不愿意藏在树林里，所以他在人类房子前的月光下跳舞。我看到他了，但是唤不回来他。我可是丛林的主人！”

“那都是因为新的时节来了。”黑豹十分谦卑地说，“或许，小兄弟，那时你没有用主人的话呼唤他？听听费劳唱歌吧，开心点儿！”

莫格利的坏情绪似乎被发泄掉了。他用胳膊枕着头，闭上了眼睛。

“我不知道，我也不在乎。”他睡意蒙眬地说，“我们睡觉吧，巴依拉。我的肚子沉甸甸的。我要让我的脑袋休息一下。”

黑豹叹息着又躺下了，因为他能听到费劳在一遍遍练习唱歌。正如他们所说，为了春日的时节做准备。

这些年来，在季节交替的时候莫格利总是很开心。他总是第一个从深深的草丛睁开眼睛看春天的；他也是最先看到春季天边第一朵云彩的。凡是土地湿润、星光闪耀和鲜花盛开的地方都能听到莫格利的声音。春天里，丛林居民的声音和其他季节是不一样的，这也是为什么春天被称作新的时节。

但是那一年的春天，就像莫格利同巴依拉所说的那样，他的肚子里发生了变化。自从竹笋上出现棕色的斑点，他就一直盼望着能闻到空气发生变化的那个清晨。当那个清晨到来的时候，孔雀莫尔展示起他那青铜色、蓝色和金色的羽毛，大声叫喊着春天的到来，晨雾弥漫的树林里到处都能听到他的叫声。莫格利张开嘴准备传达这个消息，但是话到嘴边又咽了回去。有一种感觉从他的脚趾蔓延到他的头发——一种纯粹的不快乐的感觉。所以他仔细检查了自己的身体，看看是否踩到了刺。莫尔喊出了新气味的消息，其他鸟儿也接力传送这消息。从韦根加河河畔的岩石上传来了巴依拉嘶哑的尖叫声，那声音介于鹰的尖叫和马的嘶鸣之间。头顶新绿的树枝之间传来了猴子班达罗哥的叫声。莫格利站在那里，虽然他内心想应和莫尔，但是那种不快乐的感觉把这种欲望压了下去，使之沉在了心底。

他盯着四周看，但是除了看到班达罗哥模仿人的样子在树上穿梭，莫尔展开艳丽无比的孔雀尾巴在下面的斜坡上跳舞之外，其他什么也没看到。

“这气味变了。”莫尔尖声叫道，“祝打猎顺利，小兄弟！你为什么不回应我呢？”

“小兄弟，祝打猎顺利！”老鹰奇儿和他的同伴从天上俯冲下来说。他俩从莫格利的鼻子底下掠过，他们的白色羽毛碰到了莫格利。

一场细细的春雨洒了下来，他们称这种雨为“象雨”。雨水打湿了丛林里一条半英里宽的地带，被打湿的新叶在树上不停地点着头。春雨过后，天边出现了两道彩虹，还伴随着阵阵雷声。春天的嗡嗡声响了一分钟后又安静了下来，但是丛林里的居民却炸开了锅，立马七嘴八舌地交谈起来。只有莫格利例外。

“我吃的是好食物，”莫格利自言自语，“喝的是好水。我的喉咙没有火烧火燎的感觉，嗓子也没有变小。在我咬了一口那蓝色斑点的根茎时，也没有出现喉咙难受的感觉，虽然乌龟说那是干净的食物，但是我的肚子沉甸甸的。我对巴依拉和其他人说话很不友善，他们是丛林的居民，是我的子民啊。我一会儿热一会儿冷，一会儿既不热又不冷，我总是想对着我看不到的东西发脾气。呼呼！该奔跑一会儿了！今晚我要穿越这些打猎的区域。没错，我要在春天里奔跑，一直跑到北方的沼泽地去，然后再跑回来。我打猎很容易，我的四个狼兄弟会跟着我一起跑，因为他们现在长得跟白毛虫一样胖了。”

他呼唤着，但是他的四个狼兄弟没有一个回应他。他们离他太远了，他们正在狼群里唱春日之歌呢，所以根本听不到他的呼唤。

“好吧。”莫格利对自己说，虽然他明白这么说是没什么道理的，“让红毛狗从德堪过来吧，或者让红花在竹林里跳舞。到那个时候，丛林里的居民就会呼喊我伟大的名字‘莫格利’。但现在春色正好，莫尔也真是的，非要跳春天的舞蹈，卖弄他那光溜溜的腿，整个丛林都跟塔巴克一样疯了……我以那头赎买我的公牛起誓，我是丛林的主人，难道不是吗？闭嘴！你们在这儿干什么？”

两只年轻的狼从一条小路慢跑过来，他们正在找一块空地打架（你可能还记得丛林法则禁止在狼群看得见的地方打斗）。这两匹狼脖子上的毛像钢丝一样坚硬挺拔，他们一边疯狂地叫嚷着，一边往后蹲，准备开始战斗。莫格利跳上去一手抓住一个伸长的脖子，就像平时玩耍或者狼群狩猎时那样，他以前从未干涉过春天里的打斗。两匹狼往前一跳把莫格利撞到一旁，没浪费任何口舌就扭打在了一起。

莫格利差点儿没站稳摔倒了，他的小刀和大白牙都露了出来，那一瞬间他差点儿杀了那两匹狼，只因为在他希望安静的时候他俩在打架，虽然每一匹狼都有权利去战斗。莫格利在两匹狼的周围跳来跳去，他低着肩膀，手颤抖着，准备在他俩扭打结束的时候给他们致命一击。但是在他等待的过程中，刀尖垂了下来，最后他把刀收回了刀鞘，并看着他俩打架。

“我肯定是中毒了。”莫格利最后叹了一口气说，“自从我用红花解散了大会，自从我杀死了希尔汗，还没有狼能把我撞到一边去。这两只不过是狼群里的尾狼，小个子的猎手罢了。我的力气不见了，我现在快要死了。哦，莫格利。为什么你不把他俩杀了呢？”

打斗还在继续，直到其中一匹狼落荒而逃。莫格利被留在了血迹斑斑的打斗场所，他时而看着自己的小刀，时而看着自己的胳膊和腿。那种从未有过的难过的感觉像水淹没木头一样把他淹没了。

那天晚上，莫格利早早进行了打猎，但是他吃得并不多，这是为了有良好的状态在春天里奔跑。他忘记之前的不快，大声歌唱，迈开步子向前奔跑，心里满满都是喜悦。

他奔跑着，有时大声叫喊，有时自顾自唱着歌，他成了整个丛林里最快乐的人。这种状态一直持续到花香提醒他沼泽地快到了。

在这里，如果是长期在人群中长大的人，一定没走上两三步就会泥足深陷，但是莫格利的脚上长着眼睛，他能从一个坚硬的土块跨到另一个坚硬的土块，一直跑到了沼泽的中央，一路上惊扰了野鸭们，最后坐在一根浸泡在黑水中、被青苔覆盖的树干上。他周围的沼泽地全苏醒过来了，因为鸟类在春天睡眠非常浅，整个晚上都有鸟群飞来飞去。但是没有鸟儿注意到莫格利正坐在芦苇中边哼唱着没有词的歌，边检查自己的脚底板有没有刺。莫格利所有的不快似乎都被抛在了他的丛林之中，但是当他准备放声高歌的时候，那种难过的感觉又回来了——甚至比之前还要糟糕十倍。

这个时候莫格利害怕极了。“这里也有它！”他大声说，“它跟着我。”说完便回过头，看看有没有什么站在他后面。“什么都没有。”沼泽地夜间的喧嚣仍在继续，但是没有一只鸟儿或者野兽跟他讲话，新的痛苦愈演愈烈。

“我肯定是中毒了。”他的声音惊恐万分，“肯定是不小心吃下了什么有毒的东西，我没力气了。当那两匹狼在打架的时候我感到很害怕——但是并不是‘我’在害怕——而是莫格利在害怕。这症状表明我一定是吃了什么有毒的东西了……不过我的子民，他们会在乎丛林里的什么呢？他们唱歌、嚎叫、打架，在月光下跟同伴一起奔跑，而我——嗜！我要死在这片沼泽地里了，因为我吃了有毒的东西。”莫格利伤心得几乎要哭了。他又继续说道：“之后他们便会发现我死在黑水里。不，我要回到我的丛林去，我要死在会议岩上。至于巴依拉，我敬爱他，如果他没有在山谷中尖叫——巴依拉，或许会在我尸体旁守一会儿，以免奇儿像吃了昂科拉的尸体一样把我的尸体给吃了。”

一颗温热的大泪珠滴到了莫格利的膝盖上。他如此痛苦，却又为自己的痛苦而感到快乐，不知你是否能理解这种上下颠倒的快乐。“就像奇儿吃掉昂科拉那样，”他又重复了这句话，“就像我从红毛狗那儿救出狼群的那个夜晚。”他沉默了一会儿，想起了昂科拉最后说的那些话，“昂科拉临死前跟我讲了很多愚蠢的事情，因为当我们要死的时候，我们的肚子里是会发生变化的。他说……不管怎么样，我属于这片丛林！”

当他回忆起韦根加河畔的那场战斗时，不由得激动起来，他大声喊出最后那句话，这时一头母野水牛从芦苇中跑到他膝前，愤怒地哼声喊道：“人类！”

“呃，”公野水牛弥萨说，莫格利翻了个身，“原来不是人类。只是西里山狼群里那只没毛的狼啊。他喜欢在这样的夜晚来回奔跑。”

“我还以为是人类呢。”母野水牛继续低下头吃草。

“我说，莫格利，有什么危险吗？”弥萨低声说道。

“噢，莫格利。有什么危险吗？”男孩模仿弥萨说话。

“这就是弥萨考虑的事情吗？但是，莫格利，你晚上在丛林里来回奔跑巡视，留心一些，你关心的是什么呢？”莫格利问自己。

“他叫得太大声了！”母野水牛说。

“他们就喜欢这么叫嚷着，”弥萨不屑地说，“还总是把草拔出来，却不知道怎么吃草。”

“也许会更糟糕。”莫格利呻吟着对自己说，“即便是在上个雨季我用竹竿把弥萨从水坑里赶出来并骑在他身上，也不会如此糟糕。”

他又生气地说："我不要死在这里，会被弥萨看到的。还是到沼泽地的另一边去，看看会发生什么事吧。我从来没有在春天里经历过这样的奔跑——身体又冷又热。起来，莫格利！"

他忍不住用小刀刀尖戳了一下弥萨。这使得弥萨从水坑里蹿了出来，就像炮弹炸开了一样。莫格利笑得坐下了。

"说说西里山狼群中那匹没有毛的狼曾经是怎么放牧你的吧，弥萨。"莫格利说道。

"狼！你？"公野水牛哼哧着说道，并在泥浆里跺着脚。

"整个丛林都知道你牧过牛。你这个乳臭未干的人孩还是去人类的庄稼地里嚷嚷去吧！"弥萨满嘴白沫，因为他是丛林里脾气最差的动物。

莫格利看着弥萨喘着粗气，瞪着那双从来没有变化的眼睛。当泥浆啪嗒的声音逐渐消失的时候，莫格利才说："这片沼泽地附近哪里有人类的住处，弥萨？我对这一片不熟。"

"往北边去！"愤怒的公野水牛咆哮着，因为莫格利把他戳痛了，"只有没毛的放牛娃才会开这种玩笑，去沼泽地尽头的村子里把这些事情讲给他们听吧。"

"人类不喜欢听丛林故事。而且我觉得你就被我稍微戳了一下皮毛，这事儿没必要开会讨论。不过我会去看看你说的那个村子的。没错，我会去的。别生气了。丛林的主人又不是每晚都来放牧你。"

莫格利往沼泽外头跑。他心里很清楚，弥萨绝不会冲过来。他想着公野水牛发怒的样子，一边奔跑一边笑。

“我还有些力气，”他说，“也许，那毒还没有渗到骨头里。我还可以看到那边有一颗星星垂得很低。”他双手半合着放在眼前，从中间瞄着它看，“我以赎买我的那头公牛起誓，那是红花，看到它，我就要结束奔跑了。”

沼泽地尽头是一片开阔的旷野，一丝灯光在黑夜中闪烁着。莫格利已经有很长时间没有关心人类的活动了，可是今夜，红花的微光却吸引着他前去。

“我要去看看，”他说，“我要看看人群有了多大的变化。”

莫格利穿过满是露水的草地，来到了有灯光的小屋前。三四只狗狂吠起来，因为他已经到村边了。

莫格利发出一声低沉的狼嚎，那些狗便被镇住了。他安静地坐下来，说道：“嗬！该来的总是要来的。莫格利，你还和人群的窝有什么关系呢？”

小屋的门开了，一位妇人站在门口，向黑暗中凝视。一个孩子哭起来，妇人回过头说：“睡吧。只不过是一只豺狼把狗惊醒了。过不了多久天就要亮了。”

这声音莫格利太熟悉了。但他生怕搞错，便轻轻叫道：“梅苏阿！”他很吃惊，人类的话语竟然一下子就回到了他嘴边。

“谁在叫我？”妇人问道，她的声音在发颤。

“你忘了我吗？”莫格利说。

“假如是你，那我给你起了个什么名字？说！”妇人已经把门半掩上了。

“纳特！”莫格利说。这是他第一次来到人群中时，梅苏阿给他起的名字。

“进来吧，我的儿子。”她呼唤道。莫格利走到灯下，直盯着梅苏阿。很久以前，梅苏阿善待他并从人群中救了他的命。现在她老了，发髻斑白，但她的眼神和声音却依然没变。

“我的儿子。”梅苏阿结结巴巴地说。然后就腿一软瘫倒在莫格利脚下：“可他已经不是我的儿子了。他是山林里的小神！”

莫格利站在灯光下，他强壮、高大、英俊，长长的黑发披散在肩头，小刀挂在脖子上晃悠着，头戴白色茉莉花环，很容易被误认为是丛林传说中的某个神。小床上睡得迷迷糊糊的孩子猛地坐起来，吓得发出尖叫声。梅苏阿转过身去哄他，莫格利还是站在那里一动不动，四下张望。

“你吃点儿什么，或者喝点儿什么？”梅苏阿喃喃自语，“这里的一切都是你的。我们的命也是你救的。可是，你真的是我的儿子纳特，还是一个神呢？”

“我是纳特。”莫格利说“我离开自己的地方已经很远了。我看见这里的光就过来了。我不知道你在这儿。”

“我的丈夫很强壮，种地这件事对于他来说轻而易举，所以我们又弄了一点儿土地。我们在卡尼瓦楞虽然比不上在原先那个村子时有钱，但我俩的开支并不大。”

“他在哪里？”

“他死了，一年啦。”

“他是谁？”莫格利指指孩子。

“我儿子，两个雨季前出生的。假如你是神，请给他丛林的庇护，保佑他平安吧。”

莫格利把孩子抱起来，小家伙忘记了恐惧，伸手玩弄莫格利胸前挂着的刀子，莫格利小心翼翼地把他的小手指拨开。

“如果你是老虎叼走的纳特，”梅苏阿哽咽着说，“那他就是你的弟弟。把哥哥的祝福给他吧。”

“啊！可我不知道什么是祝福啊。我不是神，也不是他的哥哥，而且——妈妈，妈妈，我的心沉甸甸的。”他把孩子放下时打了个寒战。

“你好像病得不轻呢。”梅苏阿在锅台边忙活着说，“这就是深更半夜在沼泽地里乱跑的后果。不用质疑，热病已经浸到你的骨髓里了。”丛林里还有东西能伤害他？她的想法让莫格利感到有点儿好笑。

“我把火生起来，你喝点儿热牛奶。把花环丢了吧，这么小的地方，味道太重了。”

莫格利坐下来，嘴里嘟囔着，双手捂着脸。他从未体验过的各式各样奇怪的感觉正在涌遍全身，就像他真的中了毒一样；他觉得头晕，有点儿恶心。他大口地喝着热牛奶，梅苏阿时不时拍他的肩，心里还是很忐忑：这是她失散已久的儿子纳特呢？还是某个奇妙的丛林之神呢？但至少有一点儿让她很高兴，他是血肉之躯。

“儿子，”梅苏阿眼睛充满了骄傲，“有没有谁告诉过你，你比所有的男人都英俊？”

“哈？”莫格利很疑惑。他从来没听到过这种话。梅苏阿温柔地笑了。因为莫格利脸上的表情已经足够了。

“那我是第一个喽？由做妈妈的来告诉儿子这样的好事，虽然少见，却是合适的。你非常英俊。我从来不曾见过这么英俊的男人。”

莫格利扭过头去，试图看清自己结实的肩膀。梅苏阿又笑起来，笑了很长时间。莫格利莫名其妙，只能跟着她笑。小孩子也笑着在两人面前跑来跑去。

这一段对话，莫格利只听明白了不到三分之一。长途奔跑后的疲倦，加上热牛奶起了作用，他蜷起身子，一分钟便入睡了。梅苏阿把他眼睛上的头发撩开，给他盖了一块布。莫格利睡了一夜一天，他的本能告诉他，在这里是安全的。但是盖在身上的被子让他梦到了人类捕猎的陷阱，最后他还是醒了，惊醒的他一跃而起，小屋都震动了。

他站在那里，手按小刀，虽然睡意未消，但已经摆出了战斗架势。

梅苏阿笑了，然后把晚饭摆在他面前——几块烤粗面饼，一点儿米饭，还有一块酸角腌的果酱，勉强充饥。沼泽地里飘过来的露水气息使他饥饿难安。他想开始他的捕猎，但小孩子坐在他怀里不肯下去，梅苏阿又坚持要给他梳头。小屋的门紧闭着，但莫格利听到一个他十分熟悉的声音，门底下伸进来一只大灰爪子，梅苏阿被吓得张大了嘴。灰大哥在门外哀号着，声音充满焦虑和恐惧。

“在外面等着！我叫你跟我一起来的时候你们又不肯来。”莫格利用丛林语说道，他连头都没有转一下。接着大灰爪子便消失了。

“请别……别带着你的……你的随从，”梅苏阿害怕地说，“我们……一直跟丛林和平相处的。”

“这就是和平啊。”莫格利起身说道，“想一想去卡尼瓦楞路上的那天夜里吧。当时你们前后有几十个这样的伙伴呢。不过现在我看出来了，即使是春天，丛林居民也还是记着我的。妈妈，我要走了。”

梅苏阿毕恭毕敬地退到一旁，她心想，莫格利确实是丛林之神。但是当莫格利的手碰到门时，她身上的母性驱使她伸出手去，一遍又一遍地搂住莫格利的脖子。

“要回来啊！”她轻声说，“不管是不是我的儿子，你都要回来，因为我爱你——你看，他也伤心了。”

小孩子哭了起来，因为带着亮闪闪小刀的人要走了。

“要回来啊，”梅苏阿反复叮嘱，“不管白天黑夜，我这里这扇门永远会对你敞开。”

莫格利喉咙抽搐着说：“我肯定会回来的。”

门开时，莫格利把搁在门槛上的狼头推到一边：“现在我要说你几句了，灰大哥。之前我叫你们，你们四个怎么都不来？”

“我……我们……在丛林里唱新歌呀，因为这是新的时节。你忘啦？”

“确实。”

“歌一唱完，我就跟着足迹来了。我离开大伙儿，急忙来追你。可是啊，小兄弟，你和人类一起吃一起睡，这是在干什么呢？”灰大哥认真地说。

“如果我叫的时候你们就跟我一起来的话，事情就根本不是这样了。”莫格利说，跑得更快了。

“那接下来要做什么呢？”灰大哥问。莫格利正要回答，一个穿着白衣的姑娘沿着村边的一条小路朝他走过来。灰大哥立刻藏起来，莫格利悄无声息地退到了一块庄稼长得很茂密的田里。他几乎伸手就可以触碰到她，但是庄稼的茎秆遮住了他的脸，他像鬼魂一样消失了。姑娘以为自己看见了一个精灵，尖叫起来，然后长叹一声。莫格利把庄稼用手分开，一直看着她，直到看不见为止。

莫格利叹息着说：“我叫你们的时候，你们为什么不来呢？”

“我们跟着你的。”灰大哥咕哝着，一边舔着莫格利的脚后跟，“我们一直跟着你，但是在新的时节除外。”

“你们愿意跟着我去人群中吗？”莫格利低声问。

“之前那个狼群赶你走的时候，我不是跟着你的吗，你躺在庄稼地里的时候，是谁把你叫醒的？”

“是这样，可是接下来呢？”

“今晚我不是还跟着你吗？”

“没错，可是再下一次呢，你还会跟着我吗，灰大哥？”

灰大哥不吭声了。他重新开口的时候，嚎叫着自言自语道：“黑家伙说的是真的。”

“他说了什么？”

“人终究要回到人群中去的。我们的母亲拉克夏也说过……”

“昂科拉大战红毛狗的那天晚上，他也是这么说的。”莫格利喃喃自语着。

“卡奥也是这么说的，他比我们大家都聪明。”

“你怎么说呢，灰大哥？”

他们一边奔跑一边说话。灰兄弟慢跑着，没有立即回答，过了一会儿，他说：“人孩，丛林之主，拉克夏的儿子，我的同窝兄弟，虽然我在春天里会忘记你一会儿，但你的踪迹就是我的踪迹，你的窝就是我的窝，你的猎物就是我的猎物，你的战斗就是我的战斗。我相信我们另外三个兄弟也会这么说，但是，你想对丛林说什么呢？”

“你先走一步把大家都叫到会议岩去，我要把心里的话告诉他们。但他们可能不会来——在新的时节，他们有可能会把我忘了。”

“那么，你就什么也没有忘记过吗？”灰兄弟回过头，一边飞奔一边厉声说道，莫格利跟在后面跑着，心潮起伏。

灰大哥边跑边喊：“丛林之主要回到人类中去了！快到会议岩去。”

那些快乐的丛林居民无动于衷地答道：“夏天一热他就回来了，雨季也会把他赶回窝里。和我们一起奔跑唱歌吧。”

“但是丛林之主要回到人类中去了。”灰兄弟重复道。

当莫格利心情沉重地穿过那些熟悉的岩石，来到当年他被带到狼群大会上的地方时，他发现，只有四个狼兄弟、上了岁数几近失明的巴卢，还有盘绕在昂科拉的空座位上的冷血动物卡奥到场。

“你的旅程要在这儿结束了吗，人孩？”

卡奥看见莫格利双手捂脸扑倒在地，继续说：“想哭就痛快地哭吧。你和我，我们血脉相通。”

“我为什么没死在红毛狗手里呢？”男孩呻吟道，“我身上力气全无，也不是因为中了毒药。我总是听见我的脚印上有两种脚步声。每当我回过头去时，好像有谁躲起来不让我看见，我找不到他。我完成了春天的奔跑，内心却没有得到平静，我脑子一团乱。”

“那还用说吗？”巴卢把脑袋转向莫格利躺着的地方，慢悠悠地说道，“昂科拉当年在河边就说过，莫格利会把莫格利赶回到人群中。我也说过。可事到如今还有谁会听巴卢的呢？巴依拉——今晚巴依拉在哪儿？——他也明白的。这就是法则。”

“人孩，当年我们在‘冰穴’相遇的时候，我就知道了，”卡奥说，“人始终是要回到人类中去的，虽然丛林并不会撵他走。”

四个狼兄弟面面相觑，又看看莫格利，他们的神情迷惑不解，但是十分顺从。

“这样说来，丛林并不会赶走我？”莫格利说。

灰大哥和另外三兄弟怒吼起来：“只要我们还活着，谁都不敢……”

但是巴卢制止了他们。

“我教过你丛林法则。该我来说几句了。”巴卢说道，“虽然我现在连眼前的石头都看不清了，但我能看得很远。小青蛙呀，走你自己的路吧；和跟你同血脉同种群同族类的人一起建造你的窝吧。但是你要记住，丛林随时听从你的召唤。”

“中部丛林也听从你的召唤。”卡奥说，“我可不代表少数居民说这话。”

“我的兄弟们，”莫格利抽泣着说道，“我脑子一片空白！我不愿意离开，但是我的两条腿拖着我走。我怎么舍弃得了丛林里的这些夜晚呢？”

“不，小兄弟，抬起头来，”巴卢重复说道，“这样狩猎并不丢脸。蜂蜜吃完了，我们就丢下空蜂巢。”

“皮一旦蜕去后,我们就不会重新钻回去。这就是法则。”卡奥说。

“听着，我最最亲爱的小兄弟，”巴卢说，“在这件事情上，没有谁会用言语或意志拦住你。谁能质问丛林之主呢？当你还是个小青蛙的时候，我看见过你在那边的白色鹅卵石中间玩耍；巴依拉用一头刚猎杀的年轻公牛为代价，赎买了你。你狼窝里的妈妈和爸爸都去世了；之前那个狼群里的狼，全都已经死了；希尔汗的下场你是知道的，昂科拉死在野狗中间，现在只有我和巴依拉了。如果不是有你的智慧和力量，西里山狼群里的狼就会全死光的，那就除了白骨什么也不剩了。现在不是人孩请求离开狼群，而是丛林之主要改变道路。人要走自己的路，有谁能质问他呢？”

“凭着巴依拉还有那头赎买我的公牛起誓，”莫格利说，“我不愿意……”

一声怒吼打断了他的话。巴依拉站在了他面前，一如既往地敏捷、矫健、令人望而生畏。

巴依拉伸出滴血的右爪，说道：“我来晚了，是因为刚刚的狩猎费时很长，不过那头不到两岁的公牛还是死在了灌木丛里——他是还你自由的公牛，小兄弟。所有的债现在都还清了。至于别的嘛，我想说的巴卢已经说了。”

他舔了舔莫格利的脚：“记住，巴依拉爱你！”

巴依拉说完就纵身离去。在山脚下，他又拖长声音大叫起来：“祝你打猎顺利，丛林之主！记住，巴依拉爱你。”

“你都听见了。”巴卢说，“就这些了，你走吧。不过先到我面前来。啊，聪明的小青蛙，到我面前来！”

“蜕皮不是一件容易的事。”卡奥说。莫格利不停地抽泣着，脑袋在巴卢的肚子上靠着，双臂搂着他的脖子；而巴卢躬着羸弱的身子，虚弱无力地去舔莫格利的脚。

“星星变稀疏了，”灰大哥说道，“今天我们在哪儿安家呢？从现在开始，我们要有新的旅程了。”

在丛林里

森林部是印度政府所有机关当中最重要的一个，因为它负责重新绿化整个印度。甚至可以说，假使印度政府有足够的钱，绿化印度这个伟大的事业就全仰仗森林部来完成。森林部的成员们需要不断跟风沙以及沙丘作斗争；在沙丘周围扎上篱笆，修起堤坝，在沙丘上种植耐旱的杂草，栽培抗风的松树苗；还要管理喜马拉雅山森林里的所有木材和光秃秃的山坡。那些山坡每逢雨季就被冲刷得千沟万壑，森林部的职员全员出动，谴责破坏山坡植被的行为，呼吁人们保护环境。

在平原上，他们的职责是维护森林保护区的带状防火线。青黄不接的旱季到来时，他们就对村民开放保护区，允许村民采伐。他们修剪树木，积攒树枝代替煤炭作为火车燃料。他们精打细算，保证经营的种植园盈利。他们是植物医生，缅甸柚木、东部丛林的橡胶树和南方果树的健康和繁殖都归他们负责。

林务官时常需要出差，不只要去城市，还要去偏远乡村，甚至进入丛林深处。因此，林务官吉斯伯恩就变得聪明老练，他不仅了解一些森林的歌谣和传说，还学会了识别人类和丛林的法则；他时常遇到老虎、熊、豹子、野狗和鹿，那可不是路上偶遇的，这些动物朋友是他执行公务时的伙伴，他们经常碰面。他的大部分时间是在马背上和帐篷里度过的；他整天和粗野的森林看守人、多毛的猎人混在一起。

吉斯伯恩已经在森林部工作四年了。一开始，他对这种生活并不了解，却十分喜欢。这份工作赋予他一些权利，让他能常常骑马到各个不同的地方去见识见识。后来，不知道什么缘故，他极度厌倦这种生活，他拿出一年的工资来换取了一个月轻松享乐的生活。浮华过后，他又回到森林，开始心甘情愿地工作，加宽加深他负责的防火线；在老树丛中开辟新的种植园，让衰败的丛林展现出一片新绿；疏浚淤积堵塞的溪流；当又高又深的野草将要吞没森林时，他便来帮助森林做最后的抗争。一个平静的日子，吉斯伯恩点燃了那些野草，从那以后，新树苗便在这里扎根，在烧黑的土地上长起了一行又一行整齐的小树，森林不断向前蔓延，吉斯伯恩倍感欣慰。他住在大森林尽头的一幢平房里，房子坐落在地势较高的地方，因此他可以居高临下，俯瞰大森林。

过完新年，春天便到了，树木抽出嫩芽。雨季还未来临，森林干得厉害，所有生物都在盼望着雨水。但是森林的景色并没有因为新年而发生太多改变。

吉斯伯恩是个善良慈祥的人，他认为这个时候杀生是一种罪孽，他本来就很少使用枪支，每当此时他就直接把枪束之高阁。五月是印度的旱季，极其容易引发森林火灾。这个时候，吉斯伯恩需要特别关注森林里每个角落，生怕哪里起火。六月，雨季伴随西南风呼啸而来，保护林被湮没在水雾中，雨没日没夜下个不停，豆大的雨点打得树叶噼啪作响。树木、草丛变得浓绿而青翠。闪电编织出各种变幻莫测的图案，雨过天晴，空气格外清新，烈日当空，把森林晒得热气腾腾。雨季过后，天气转凉，森林又变成了老虎一样的花斑色。周而复始，吉斯伯恩逐渐摸清了森林的脾气，他为此而自豪。邮差按月把工资送来，那些钱就堆在抽屉里，越积越多。他很少需要花钱，只有在他准备去加尔各答植物园买东西或是救济某位去世的看林人妻子的时候，才把钱取出来。那些看林人去世了，而政府却没有给他们的家属抚恤金，这时吉斯伯恩就会自己掏钱去救济他们。

吉斯伯恩赏罚分明。一天夜里，有个信差跑得上气不接下气地来报信，说坎叶河边有个警察被咬死了。大家知道旅游的人喜欢打猎，偶尔也有年轻的士兵来，这不稀奇。黎明时，吉斯伯恩徒步来到事发现场，尸体被安放在一张床板上，遇害者的妻子正在那里号啕大哭。有两三个人正在观察地上的脚印。一个人说，这事是“红家伙”干的。

“红家伙”是一只老虎，吉斯伯恩知道老虎是大家的怀疑对象，于是他说：“他藏在桫椤双树后面的岩石堆里。”

“现在他跑了，先生。一旦开了杀戒，不连杀三个他是不会停的，人的鲜血会使他发狂，他在到处转悠，说不定现在就在我们背后呢。”

一个声音说：“也许他跑到那间茅屋去了，那儿离这里很近。这是谁啊？”

听到问话，吉斯伯恩和大家一起转过头看看到底是谁。他看到一个打扮奇怪的人沿着干涸的河床走来，此人浑身赤裸，只在腰间围着一块布，头上戴着花环，走在河边的鹅卵石上，悄无声息。吉斯伯恩内心一惊：他比猎人的脚步还要轻得多！那人走到他们面前，也不打招呼就开了腔："那头老虎已经喝过水了，现在就在小山那边的一块岩石下睡觉呢。"他的声音像银铃一样清脆悦耳，跟当地人说话的感觉完全不同，当地人说话稍微带着点唉声叹气的腔调。他抬起头来，阳光洒在脸上，仿佛一位在林间迷路的天使。

受害者的妻子停止哭嚎，瞪大双眼看了看这个奇怪的陌生人，接着哭得更伤心了。

"先生，需要我指路吗？"陌生人很坦率。

"假如你能确定……"吉斯伯恩说。

"当然能！"不等吉斯伯恩说完，陌生人斩钉截铁地回答，"一小时以前我还见过那个家伙，那时他还没吃到人肉，他那凶恶的嘴里倒是长着十二颗上好的牙齿。"

那几个在地上查看脚印的人鬼鬼祟祟地溜走了，生怕吉斯伯恩要他们跟着一起去。陌生人轻轻地笑了笑，没有理会他们，转身走在前面带路："来吧，先生。"

"别走那么快，我跟不上。"吉斯伯恩说，"等等，我好像从没见过你？"

"大概是吧，我最近才来到这片森林。"陌生人回答。

"你是哪个村子的？"吉斯伯恩又问。

"哪个村也不是，我是从那边来的。"陌生人指着北方说。

"那你是吉卜赛人？"吉斯伯恩问。

"不，先生。我是个没有种姓的人，我连父亲都没有，我不知道他是谁。"陌生人回答。

“那你叫什么名字？”吉斯伯恩更好奇了。

“我叫莫格利。先生，请问您叫什么名字？”陌生人问。

“我叫吉斯伯恩，是这片森林的林务官。”

“林务官？你们要给这里的树木、草丛都编号吗？”

“对，不然有些像你这样的流浪汉会把它们放火烧光的。”

“我才不会呢！不管给我多少好处我也不会伤害这里的一根草，这里就是我的家。”

快要到了，莫格利转过脸，带着迷人的微笑，举起一只手警告对方小点儿声：“快到了，先生，我们得安静点儿。虽然他睡得很死，但是我们最好不要惊醒他——要不您还是在这儿等着，我一个人从下风向把他赶过来。”

“什么时候老虎可以像牲口一样被你这样赤身裸体的人赶来赶去了？”吉斯伯恩对他的胆大妄为万分惊奇。

“你不相信我？那就等着瞧吧，按你的办法，用你的英国来福枪打死他。”莫格利微笑着对他说。

莫格利在前头带路，吉斯伯恩紧随其后，时而低头、弯腰，时而匍匐前进。在经受了森林里追踪猎物要经历的所有折磨后，他们终于到了。在一个小水塘旁边，有一块巨大的被太阳烤得发烫的岩石，他们就躲在这石头后面，莫格利叫吉斯伯恩抬起头来，窥视池塘对面。那只老虎就在那里，伸展四肢，懒洋洋地一遍又一遍舔着虎肘和前掌。这只老虎年岁已高，牙齿变黄，皮毛凌乱，但是在阳光和四周景物的衬托下，依然威风凛凛。

这个时候，吉斯伯恩可不讲什么道德观念了，吃人的老虎就是害人虫，必须尽快杀死他。他缓了口气，把来福枪架在岩石上，吹了一声口哨。听到动静，老虎转头查看。吉斯伯恩不慌不忙，连开两枪，一枪击中老虎肩胛，一枪击中面颊，老虎必死无疑。

等烟雾散开，老虎在地上挣扎。

“折腾吧，反正这张皮也没啥价值了。”莫格利冷冷地说，“他死了，那堆臭肉没人稀罕，不值得保留。”

吉斯伯恩知道守林人喜欢老虎的胡子，就问：“还有虎须呢，你也不要？”

“虎须？我可不是个喜欢摆弄老虎嘴巴的猎人，让他躺着吧。看，他的朋友已经来了。”

老鹰目光尖锐，鼻子灵敏，老虎刚死，他就发现了。飞过来在莫格利和吉斯伯恩的头顶发出长长的呼啸声。吉斯伯恩退出空弹壳，擦了一把脸，问莫格利：“你不是猎人？那你从哪里学到了追踪老虎的本事？我还没遇到过比你追踪技术更好的猎人呢！”

“我恨所有的老虎。”莫格利没有多说什么，“先生，让我看看你的枪吧，这可是把好枪。现在你要去哪里呢？”

“回家。”

“我可以去吗？我还从没有去过林务官住的房子呢。”

“当然可以。”吉斯伯恩在前头带路，莫格利静悄悄地跟着。

莫格利好奇地看着游廊放着的两把椅子，竹帘子裂了缝，他小心翼翼地摸了摸。

莫格利走进屋子里。阳光有些刺眼，吉斯伯恩随手放下一扇竹帘。竹帘哗啦一声落了下来，还没碰到走廊的石板，莫格利已经跳开站到了屋子外面。

“这是个陷阱？”莫格利连忙问道。

吉斯伯恩笑了：“人类不会做这种事情，你还真是来自丛林。”

“我懂了。”莫格利说，“这里没有机关也没有陷阱，只是我从没见这些东西。”

他踮起脚走回屋子，屋子里的东西让他十分好奇，瞪大了眼睛仔细地看着。这引起了吉斯伯恩的仆人阿布杜尔·加福尔的反感，他一边摆放餐具，一边看着莫格利，眼神充满厌恶。

“吃一顿饭这么费事，吃完之后要睡觉也得那么费事。”莫格利咧嘴笑了，“我们在丛林里都特别省事。哎呀，真不简单。这里的东西这么讲究，会不会有人来打劫啊？先生你难道不怕吗？我从来没见过这些东西。”在一个摇摇晃晃的支架上，摆放了一个布满灰尘的贝纳列斯铜盘，这吸引了他的注意力。

“只有来自丛林的贼才会来打劫。”阿布杜尔·加福尔“嘭”的一声放下一个盘子。莫格利看到这个白胡子的人，眼神发生了变化。

“在我们的丛林里，如果一头山羊太吵了，我们就会割断它的喉咙！”他毫不示弱，“不过，你不用害怕，我要走了。”

他一转身就消失在丛林里了。吉斯伯恩看着他的背影微微一笑，最后变成轻轻一叹。在这位林务官的工作之外，能让他感兴趣的事物并不多。他觉得这个丛林之子了解老虎就像人们了解狗一样有意思，他本可以提供一下消遣的。

“这是个了不起的家伙。”吉斯伯恩想，“真希望他能陪我去打猎，一个人太没意思了。他可以成为一个无比完美的猎手。他真是个谜。”

夜空星斗满天。吉斯伯恩在游廊上抽烟。一缕青烟散去，他发现莫格利双手交叉坐在游廊边上，这让吉斯伯恩大吃一惊——他来得简直太静悄悄了，以至吉斯伯恩手中的烟斗都掉到了地上。

“森林里没人跟我说话，所以我就到这里来了。”莫格利从地上捡起烟斗递给吉斯伯恩。

“哦，森林里又有什么消息了？还是你又发现了一只老虎？”吉斯伯恩停顿好一阵才问道。

“大羚羊按惯例迁徙了，他们每逢新月出来的时候总是要去新的牧场。野牛都到坎叶河附近猎食去了，因为他们不肯跟大羚羊一起进食。有头母牛被一只豹子捕杀了，当时那只豹子就藏在河流上游的深草丛里。别的，就没啥更多的了。”

“你怎么知道这些的。”吉斯伯恩问道。

“大羚羊有自己的生活习惯，就连三岁小孩都知道；牛群和大羚羊不会一块儿进食，我怎么会不知道？”

“我就不知道。”吉斯伯恩说。

“唉！你可是——可是这片森林的掌管者啊！草屋里的人说的。”莫格利笑了起来。

“随口一说，编点儿故事哄孩子而已。你不也是这样吗，反正没人反驳。”

“你不信的话，明天我带你去看看那头被咬死的母牛的骨头。”莫格利不动声色，“至于大羚羊，如果先生愿意安静地坐一会儿，我这就去赶一头。只要你仔细听，就能听出羚羊是从哪个方向来的。”

“你疯了？谁赶得动一头大羚羊！”

“你等着吧，我走了。”

“哦，这人神神秘秘的！”吉斯伯恩说，因为莫格利又悄无声息地消失在黑暗中了。

此时厨房里的阿布杜尔·加福尔弄得盘子当啷作响。

“安静点儿！”吉斯伯恩喊道，然后他静下心来仔细倾听。他很孤独，但十分自尊自爱，他吃晚餐时都要穿上晚礼服。此时，他前胸那硬挺的衬衫随着呼吸有规律地响了起来。直到他侧过身子，响声才停止。但是，他的烟斗又有点儿堵住了，于是他把烟斗扔掉了。现在，天地之间只剩下森林里的夜风吹过的动静。

透过无边无际的黑暗，从遥远的天边传来一声狼嚎的回声，那声音很低很小，但被拉得很长，随后就安静了下来。好像又过了好几个小时，远处矮树丛中好像有碰撞的声音，这时候，吉斯伯恩的腿都发麻了，他怀疑自己是不是听错了，接着又一声响起。

他喃喃自语：“那是在西边。那边有什么东西。”声音越来越近、越来越响。一头大羚羊一路横冲直撞，他根本没有注意到自己跑到了什么地方。

一道黑影从树林中间蹿出来，转了一圈又回去了，那是一头浑身沾满露水的公羚羊，他隆起的肩头上挂着一根被撕扯下来的藤蔓。他的眼睛在屋里灯光的映射下闪闪发光。这头羚羊一见人，便立刻停住，转身沿着森林边缘又消失在黑暗中。这把吉斯伯恩弄蒙了，但是他脑海中蹦出的第一个念头——让森林里的这头巨大的蓝色公羚羊在夜晚里如此狂奔，只为了让他观察，真是太不像话了。

他凝神静气地站着。有个娓娓动听的声音在说："他是从西边水源地来的，那里有一群羚羊，他是头羊，现在你相信了吧？要不要我把那群羚羊一起赶来让你一只只数清楚呢？先生可是森林的掌管者啊！"

莫格利已经在游廊重新坐下了，还有点儿喘粗气。吉斯伯恩十分惊讶，盯着他问道："你是怎么做到的？"

"如先生亲眼所见那样，这头公羚羊是像一头水牛一样被我赶过来的。哈哈，等他回到他的伙伴中间，可有的说了。"

"对我而言，这很新奇。这么说来，你能跑得像大羚羊一样快？"

"先生明知故问。不管什么时候，您要是想更多地了解猎物的活动情况，就问我莫格利。我准备为了这片美丽的森林留下来。"

"那你就留下吧，不管什么时候，只要你需要，我的仆人就会为你准备食物。"

"好。说实话，煮熟的食物很好吃。"莫格利立即说道，"我跟大家一样，爱吃蒸煮烧烤的食物。我会来做客的，我向你保证，你晚上可以踏踏实实地睡，没有一个贼能偷走你那些值钱的宝贝。"

莫格利说完就离开了，吉斯伯恩坐了很长时间，他一边抽烟，一边思索，最后的结论是：莫格利是他和森林部一直在寻找的最合适的

守林人和林警。

“我想让他去政府供职，不管用什么方法。他既然能够驱赶大羚羊，那么就说明他对森林十分了解。他是个奇迹，也是个怪胎，只要他能够在一个地方定居，那他就一定能担任林警。”吉斯伯恩说道。

阿布杜尔·加福尔对莫格利的看法就不一样了。睡觉时，他对吉斯伯恩说心里话：“这个陌生人很可能是个惯偷，谁知道他是从哪里冒出来的！”他不赞成收留这个身无分文的流浪汉，他觉得莫格利连怎么跟其他人说话都不会。

吉斯伯恩笑了,让他回自己的房间。阿布杜尔·加福尔一路嘀咕着。吉斯伯恩半夜起来时听到了阿布杜尔·加福尔女儿的哭声，十三岁的小女孩哭得很伤心，大概是被父亲打了一顿，但谁也不知道缘由。

接下来的日子，莫格利在平房附近按自己舒服的方式安了家，他住在森林边缘。吉斯伯恩出来透气的时候，经常能看见他，他有时坐在月光下，把头埋在双腿间；有时躺在树干上。莫格利会从树上探出头跟他打招呼，让他安心睡觉，或者会下树给他讲丛林里动物们的生活习性和故事。

有一次,人们发现他在马厩里兴致勃勃地注视着马匹。阿布杜尔·加福尔说：“他迟早有一天会偷马的。既然他住在附近，为什么不找点儿正经事干呢？他天天游手好闲，像脱缰的野马一样四处逛荡。”因此他一看见莫格利，就指使他做这做那，态度还十分粗暴。但是莫格利一点儿也不在乎，而是乐呵呵地任他摆布，去提水，或者拔家禽的毛。

“他是低等人，老爷，他什么都做得出来，你要当心，别让他做什么出格的事情。蛇终归是蛇，丛林里的流浪汉贼性是不会改的。”阿布杜尔·加福尔说。

“够了，闭嘴吧！”吉斯伯恩说，“因为我了解你和你家人的相处模式和生活习惯，所以只要不过分，我容许你管教自己的家人，但是你并不了解我，也不了解他。那人只是有点儿疯。”

“是啊，有点儿疯，等着看吧，以后终究会出事的。”阿布杜尔·加福尔说。

几天后，吉斯伯恩要出差去森林里三天。阿布杜尔·加福尔人老体衰，长得又胖，就被留下了。这天一大早，吉斯伯恩就骑马出门了。他有点儿失落，因为那个林中人没有在游廊上等着陪他出门。他喜欢莫格利的坦率和敏捷，喜欢他的不做作，喜欢他阳光的笑容。他对他的故事深信不疑。他在丛林里骑行了一小时后，忽然听到背后沙沙作响。接着，莫格利快步出现在了他身旁。

“我们眼前有三天的活儿，就在新栽的树苗那里。”吉斯伯恩说。

“好，保护树苗总是有好处的。它们会长成参天大树，前提是没被野兽们糟蹋。我们得让野猪挪个地方了。”

“又让他们搬家？怎么个搬法？”吉斯伯恩微笑道。

“哦，他们昨天夜里在那些桫椤双树的树苗中间又拱又刨。我就把他们赶走了。所以早上我没去你家。这些野猪就不该闯到森林这边来，他们就应该待在坎叶河口下游。”

“可是，莫格利，你说过你在森林里当牧人，不要报酬，也不是为工资……”

“因为这是先生的森林嘛！”莫格利抬起头来说。

吉斯伯恩点头致谢，接着说：“要是你为政府工作，领工资，那不是更好吗？工作到一定年限，还有养老金。”

“这事我也想过。但是，守林人都住在小屋里，房门紧闭像陷阱一样，我不喜欢。不过，我会考虑的。”莫格利说。

“考虑好了告诉我，我们就在这里吃饭吧！”吉斯伯恩下了马，从马鞍袋里取出早餐。这时候，天已经大亮，一股股热气朝他们涌来。莫格利在他身边躺下，仰望天空。

吉斯伯恩先拜访了一户看林人，然后到两个新的种植场巡视了一番，并下令烧掉一块干草地，随后继续动身去之前相中的宿营地。这个营地离坎叶河岸不远，里面是一堆碎石，上面覆盖着树枝和叶片。等他到达的时候，夕阳下山，那时丛林里已经开始了夜晚的捕猎活动。营地的火焰在小山上闪烁，一阵饭香随风飘来。

“嗯。”吉斯伯恩说，“这比吃冷肉强多了。如果说这会儿有谁会来这儿，那只能是穆勒了。按规定这会儿正是他巡视钱格曼加森林的时间。我估计这就是他跑到我这块森林里来的原因。”

这个高大的德国人是印度的森林部长，他就像蝙蝠一样神出鬼没，常常在人家意料之外的地方出现。他的习惯是：突击视察，找出缺点，并且还很喜欢对下属进行口头批评。

穆勒低沉的声音从火光后面的黑暗处传来，他弯着腰对“厨子”说：“别放那么多酱油，酱油是调料，不是汤。”

“哦，吉斯伯恩，你可赶上了一顿糟糕的晚饭。我怎么没瞧见你的帐篷？”他上前去和吉斯伯恩握了握手。

“我就是我自己的帐篷，先生。”吉斯伯恩说道，“我不知道你在这一带。”

穆勒看了看衣着整洁的年轻人，说：“我年轻的时候也是这样，只带着一匹马、一点儿干粮宿营的。好！非常好！”

“这样吧，我们一起吃晚饭。上个月我去总部交报告，报告我只写了一半，剩下的一半留给我的办事员写，所以我就有时间出来走走。结果政府对那些报告十分不满意，政府真是只指望着报告做事了。我也是这么和西姆拉总督说的。”

吉斯伯恩想起了很多关于穆勒和最高政府之间的冲突的传闻，吉斯伯恩是所有办公室职员公认的自由思想者，作为一位林务官，他无与伦比。想到这些，他抿着嘴轻声笑了。

“吉斯伯恩，如果我发现你不是骑马巡视种植园，而是坐在你的平房里炮制有关种植园的报告，我就让你去比卡内尔沙漠中心搞绿化。我恨透了烦人的报告和公文。”

“我是不会浪费时间做什么年度报告的。我跟你一样讨厌那些东西，先生。”他们的话题转向了业务相关的事情。

穆勒给吉斯伯恩下达了一些命令和指示，同时还提出了一些问题，他们的谈话一直持续到了晚饭端上来的时候。

这是吉斯伯恩这几个月以来吃得最文明的一顿饭了。

“哈！”穆勒在饭后点上一支雪茄，靠上他那张破旧的轻便折椅，满意地叹了口气。他双手搭上膝盖，眼睛望向前方，凝视着充满隐秘响声的丛林深处。

一道黑影在一条仅容得下马匹通过的小路上晃动了一下，然后便走到了星光下面。

那道黑影就是莫格利，他头戴白色花环，手里握着一根剥去了一半树皮的枝条，随时准备着一有动静就逃回树丛里去。

“那是我的一个朋友，”吉斯伯恩说道，“他是来找我的。嘿！莫格利！”

穆勒还没来得及反应，此人已经到了吉斯伯恩身边，喊道：“我失算了，我不该走开的。你还记得之前那头死去的老虎吗？我当时并不知道他还有配偶，现在他的配偶正在到处找你寻仇呢。她从远山区就一直跟着你呢，先生。”

“这个孩子有点儿疯。”吉斯伯恩对穆勒说，“他一聊起这里的野兽，就好像那些野兽都是他的朋友似的。”

穆勒严肃地说：“他说的老虎是怎么回事？”

吉斯伯恩点燃了雪茄，开始聊起莫格利的种种事迹，等他讲完，雪茄已经烧到了他的胡须边上。

穆勒一直认真倾听。他不声不响地从头到脚打量着莫格利，然后招手示意他过来。

“不用担心，”穆勒用本地话说道，“把你的手臂伸出来。”

穆勒顺着胳膊一直摸到他的手肘弯，并点了点头。

“和我想得一模一样。现在让我看看你的膝盖。”吉斯伯恩看见穆勒摸着莫格利的膝盖骨笑了一下。莫格利脚踝骨上边有两三个发白的伤疤吸引了他的注意力。

“这些伤疤是你很小的时候留下的吧？”他说。

“啊，是的，”莫格利微笑着回答，“这些是小家伙们给我留下的爱的纪念。”然后他回头问吉斯伯恩：“这位无所不知的先生是谁？”

“等会儿我再给你介绍，我的朋友。”

穆勒问：“看到这些伤疤你还不懂吗，吉斯伯恩？”

“我确实是有点儿不明白。”

“那好，我就暂时不说破，这个孩子总有一天会告诉你是怎么回事的。要是我说了，就太煞风景了。只是他为什么还没死，我真不明白。喂，你听着。”穆勒把脸转向莫格利，又说起了本地话，“我是这儿所有丛林的总管。我不清楚我手下有多少人马——可能五千人，可能只有十个人。你以后不要再在森林里东奔西窜，为了好玩或是为了炫耀自己而去驱赶野兽了。你该做的事就是来我手下工作，我就是主管森林事务的官员，你就是这片森林的看林人；如果村民没有得到在林中放羊的命令，你就把他们赶走；得到了命令，就放他们来觅食；如果野猪和大羚羊繁殖过快，就尽可能让他们减少一点儿，这个本事你是有的；把老虎迁移的情况以及森林里有哪些猎物上报给吉斯伯恩先生；森林失火及时发出警报，干了这些工作，你每月可以得到一些报酬。以后，你不仅能够拥有妻子、孩子、牲畜，你还能够在年老的时候领到一笔养老金。你愿意吗？”

“我正想告诉你……”吉斯伯恩开口说道。

“我已经考虑好了。我的先生今天早上也跟我谈到了这件事。今天一整天，我都在盘算这个问题。我如果接受这份工作，就只在这片森林里，哪也不去，我只跟着吉斯伯恩先生，不跟别人。”

“那行。一周后，政府答应给付养老金的文书就会下达。到时候你就住在吉斯伯恩先生指定给你的小屋里。”

“我本来是想跟你谈这件事。”吉斯伯恩说道。

“用不着别人告诉我，见到他我就明白了。任何一个森林看守都无法和他媲美。他是个奇迹。吉斯伯恩，你有一天会发现这一点儿的。听着，森林里每一头野兽跟他都是兄弟。”

“要是我能够真正理解他，我也就会放心一些了。”

“你会的。我告诉你，在我三十年工作生涯里，曾经也见过一个这样的男孩，一开始和他一样，只是后来死了。有时你在人口调查报告里会听到此类人的事，不过他们都死了，而这个人却活了下来。他是个落伍于时代的人，他所处的时代应该是比铁器时代和石器时代还早。或者说，他还在人类历史的开端……他就像伊甸园的亚当，现在我们只缺一个夏娃了！不！他比那个幼稚的故事还要古老，就好像这座森林比诸神还要古老一样。”

在那个漫长傍晚剩余的时间里，穆勒一动不动地坐在那里不停抽烟，他目不转睛地凝视着黑暗深处，面露喜色，嘴唇不停地蠕动，念着一行又一行的诗句。

“我现在想明白了，不管我有多大的能力，我终归很难真正地了解森林的奥秘。”